Presentaz[illegible]

Nato a Fir[illegible]reso nelle concrete attività della p[illegible] e di commercialista, sono riuscito a[illegible] la mia voglia di scrivere con fantasia, tramite il racconto che soddisfa, proprio per la sua brevità, il limitato tempo a mia disposizione, ma, credo, anche quello di chi vuole comunque leggere con altrettanta limitazione una storia compiuta e con suspence.

I miei racconti sono "in giallo" perché questa è da sempre la mia passione letteraria e rappresentano un divertente passatempo per ricordare i miei viaggi e gli amici con i quali sono stato.

Dunque, nessun riferimento reale a persone o cose, ma solo travestimenti fantasiosi.

ASSASSINIO ALL'ISOLA D'ELBA

PERSONAGGI:

Ciro: 1° maitre, piccolo arrogante
Franco: 2° maitre
Valerio: giovane amico di Renè dai modi gentili accentuati dalla sua esperienza inglese
Robert: gazzettino dell'Hotel, chiacchierando con tutti
Renè: luminare della medicina
Cecilia: moglie di Renè
Alex: famoso criminologo
Carlo: barista chiacchierone, una cravatta al giorno, il peggior caffè dell'Elba
Annuzza: cameriera
Silvano: famoso cartellonista
Milady: moglie di Silvano

L'Isola

Lascio Il porto sulla mia Reginella e affondo gli acceleratori cercando la planata.

Ecco la barca filare verso il mare aperto.

La costa si allontana, l'isola, si rimpicciolisce lentamente ed il mare intorno si espande quasi abbracciandola.

Mi sento pervaso dalla forte sensazione che l'isola mi ha sempre dato.

D'estate per via del mare e delle balneazioni, d'inverno per il grande senso di spazio che si genera per l'assenza dei turisti.

Gli alberghi per lo più chiudono ed il personale si trasferisce in un'altra località, spesso all'estero.

Ogni isola ha un carattere particolare, dato dagli abitanti, dalla morfologia dei luoghi e l''Elba si presentava, ora, al mio appuntamento estivo, bella e seducente.

Come tutte le isole, nel nostro immaginario, pervasa di magia e di mistero, forse perché lontana nel mare e quindi difficilmente accessibile.

L'insulomania è descritta come una sofferenza spirituale rara e sconosciuta eppure ci sono uomini per i quali le isole sono in qualche modo irresistibili, altri che la vivono con un senso claustrofobico più e meno forte, a seconda della grandezza.

Certo non sarà sembrata serena ed accogliente a Napoleone Bonaparte: un esilio vissuto per poco tempo, ma molto incisivo tanto che l'Elba risultava ancora dominata dalla presenza dell'Imperatore.

Sono passati quasi duecento anni dall'arrivo di Napoleone all'Isola d'Elba ed ancora oggi non si spenge il grande interesse per l'imperatore che pur rimanendo sull'isola solo per trecento giorni riuscì ad innovare principalmente i servizi pubblici, le strade e con la "cartella", a copertura delle falde del tetto, le povere case agresti che acquisivano, così, un certa eleganza.

Valerio

"Un gin fiz freddissimo!" ordinò Valerio, appoggiandosi al banco del bar in pantaloncini da bagno, ancora gocciolanti.

"Come al solito dottore, rispose il barista", squadrandolo dall'alto del bancone fino alla punta dei piedi, ovvero delle ciabattine, made in China, che Valerio non lasciava mai in nessuna occasione!

I giorni dello scirocco, tipici della prima metà di Agosto avevano spinto alcuni ad immergersi anche dopo cena.

Il bagno di mezzanotte avveniva in un mare scuro, ma non buio: a Ferragosto cadeva proprio il giorno di luna piena.

Eppure ne mancava un pezzetto: una vera e propria eclisse di luna rendeva la sera più misteriosa, anche magica, insomma tutta da scoprire.

L'atmosfera era di "attesa", ma senza sapere di cosa.

Valerio stava ormai per finire la sua vacanza e anche il bagno di mezzanotte corrispondeva al desiderio di non farsi sfuggire nessuna emozione, nessun piacere che la giornata ed il luogo potessero dare.

I due maitre

Il bagno serale era, in effetti, diventato un appuntamento obbligato che anche i due maitre dell'albergo, Ciro e Franco, rispettavano al termine delle loro faticosa e interminabile giornata.

"Corri Ciro", disse Franco rivolgendosi all'amico, che passando vicino al bar salutava Valerio con un sorriso a bocca stretta.

Poi, dileguandosi nel buio della notte i due si diressero verso la loro cameretta, nella palazzina dietro l'Hotel che accoglieva tutto il personale di servizio.

Dai vari incontri che si erano osservati nei giorni passati, si vedeva chiaramente che tra Valerio e Ciro doveva esserci un rapporto di confidenza, anzi intimo!

Ciro si fermava spesso a parlare con Valerio inducendo, in Franco, una seria irritazione che il poveretto non riusciva mai a nascondere: talvolta sbatteva la porta della cucina, talaltra faceva cadere le posate.

Sapeva che Ciro aveva conosciuto Valerio molti anni prima in un famoso hotel inglese, dove Valerio era in vacanza, e dove, invece, Ciro iniziava la sua professione come cameriere di sala.

I modi di Valerio erano proprio quelli di un gentleman, tanto il suo fare era garbato e le espressioni forbite volevano dimostrare la cultura classica che i suoi genitori gli avevano voluto trasmettere.

Ma così facendo, il suo fare gentile diveniva troppo ossequioso nei confronti delle ragazze, che aveva avuto modo di frequentare insieme agli altri ospiti dell'albergo, tanto da voler marcare la distanza nella quale voleva, comunque, mantenere il rapporto.

Nonostante la mansione e la loro lunga permanenza al servizio dell'Hotel, i due maitre occupavano un'unica camera con due letti dotata di un ampio balcone sul quale usavano riposare e prendere il sole nella pausa pomeridiana.

Renè

La notte passò silenziosa, l'indomani la giornata si presentava nuvolosa, un forte vento di scirocco aveva mosso il mare.

"Urla e biancheggia il mar", disse Renè, ricordando i versi del sommo Carducci, dimenticandosi che si trattava del maestrale,

In effetti, a parte la citazione, Renè era proprio un poeta e dedicava il poco tempo libero dal suo lavoro a scrivere poesie che raccoglieva, una volta l'anno, per pubblicarle nel periodo natalizio.

Cecilia

I lampi cominciavano ad attraversare l'orizzonte cadendo in mare, lontano, ma il senso di pericolo che davano era così forte, per Cecilia, che riuscimmo solo a portarla in auto, in effetti il luogo più sicuro con il temporale, alla più famosa pasticceria del porto dove si potevano gustare le più buone brioches della costa.

Era la prima volta che riuscivamo a farla uscire dall'Hotel, dove si rifugiava in lunghe conversazioni con l'amica Lillina, e stavolta non poteva opporsi perché sarebbe rimasta sola, sotto il temporale!

L'impepata di cozze

"Il tempo di arrivare all'ora di pranzo" la rassicurò Robert: "lo sai che oggi ci aspetta un'ottima impepata di cozze?".

Il cuoco era famoso per saperla fare secondo le regole e una volta alla settimana ripeteva il piatto perchè era molto apprezzato da tutti gli ospiti.

Si sa che i piatti semplici sono i più difficili da fare, ma l'impepata di cozze del nostro cuoco era perfetta.

"Oggi ne mangerò una zuppiera" rispose Ciro ai complimenti di Robert, "una tutta per me".

Franco aveva dichiarato, invece, che non le avrebbe più mangiate dopo la dettagliata spiegazione di Renè su come i frutti di mare non facessero altro che filtrare l'acqua di mare dalle impurità presenti.

Valerio aveva già caricato l'auto, una piccola vecchia spitfire cabrio bianca, dei pochi abiti che aveva portato con sé.

"Non mi restano che pochi giorni" affermò con tono perplesso rivolto al personale di cucina.

E così Valerio si diresse in cucina passando dalla porta che la divideva dalla sala, quella che, spesso, Franco sbatteva rumorosamente.

"Signore non vuole trattenersi", esordì Ciro con fare enigmatico alla presenza di tutti.

Solo Franco si voltò e poco dopo, preso da uno scatto d'ira, sbattè, nuovamente, la porta che portava in amministrazione!

Ancora un po' di conti degli extra, ordinati agli ospiti, e poi anche loro avrebbero potuto rilassarsi di fronte ad un pasto caldo.

Doveva ricordarsi della stanza 205.

Il cuoco aveva terminato il suo lavoro ed insieme allo sguattero provvedeva a sistemare i fornelli prima di accomodarsi a tavola, insieme ai maitre.

"Ma dove tenete gli alcolici? Ho rovistato tutta la dispensa e non ho trovato una bottiglia!"

"Signore, avrà trovato la mia pepata di cozze, gli alcolici sono lì sotto"

"Tornerò più tardi, arrivederci Ciro e complimenti ancora per le cozze!"

Così, con fare simpatico, come al suo solito, ma con una certa fretta, Valerio di dileguò verso il parcheggio.

"Ed ora a noi". Come per una battaglia, Ciro si legò un tovagliolo bianco al collo tanto da sembrare un cono di cioccolata e panna e cominciò a gustare i saporiti molluschi.

"Almeno uno, ti prego, ... fallo per me il sapore che ti rimane in bocca è proprio quello del mare... anche se piccante!

Il pepe navigava, infatti, nel liquido saporito in fondo alla zuppiera.

Se pur riluttante, Franco accettò l'offerta di una cozza gigantesca e nonostante la promessa, la trangugiò con gusto, dimenticandosi, solo per quel momento, del pericolo che essa poteva rappresentare, secondo Renè!

Il tempo era passato al bello, i due maitre si diressero, come al solito, nella loro cameretta per il riposo pomeridiano.

Bonaparte

"Questa l'ho già presa io" recitava con fare giulivo la custode della mostra ospitata a Villa Demidoff accanto alla residenza napoleonica.

La piccola elbana si riferiva agli oggetti più preziosi che erano esposti ed avevano grande interesse storico ed estrema rarità.

Si trattava infatti di preziosi accessori da viaggio: un servito d'oro con tutto quanto potesse servire alla toilette in viaggio, oppure una collezione di boite di present, tabacchiere da regalo adornate di ritratti.

"Ricami in oro e argento su velluto di seta", spiegava Cecilia, indicando il mantello da cerimonia di Josephine Boarnet, "ma il vestito non è certo originale!"

Un'altra rappresentazione celebrativa si svolgeva a Portoferraio: una mostra dedicata a Bonaparte di stupendi bozzetti originali, disegnati molti anni indietro da Silvano, che esaltava il grande, su cavalli imbizzarriti, di razza Ben Hur!

Silvano ci aveva mostrato i bozzetti della mostra nel suo caratteristico studio, al tramonto.

Forse per una caduta dell'udito, narrando del suo lavoro, si avvicinava così tanto all'interlocutore da procurargli qualche problema di spazio, ma nessuno neanche Milady, la moglie, anche lei pittrice, aveva il coraggio di correggerlo.

L'assassinio

Non potemmo finire di vedere la mostra, ospitata nella sede museale voluta dal principe Demidoff, perché Renè fu cercato con urgenza dal Direttore dell'Hotel.

Chiuso il telefono, con aria stupita, "Dobbiamo rientrare subito all'Hotel: i due maitre sono morti", disse Renè.

Un vero mistero.

La porta della loro camera era chiusa ed era stata utilizzata una scala per raggiungere il balcone da cui accedere alla camera dove i due corpi giacevano immobili.

Ciro sembrava essere morto nel sonno: i suoi occhi erano chiusi e dimostrava ora la minutezza del suo corpo, magro e di bassa statura.

Franco aveva vomitato e il suo sguardo dimostrava il terrore che lo aveva preso un attimo prima di morire.

"Si tratta di avvelenamento" affermò Renè.

Ma cosa li avrebbe uccisi?

Le indagini di Alex

Al Maresciallo dei Carabinieri dalla postazione elbana, subito accorso, Renè suggerì di chiedere l'aiuto del famoso criminogo Alex, che aveva una bellissima casa sul tramonto di Chiessi.

La fama del criminologo era conosciuta da tutti e quindi solo al suo arrivo le indagini poterono cominciare seriamente.

Nella stanza, sulle pareti coperte di intonaco ruvido, erano appesi vecchi manifesti teatrali inglesi.

Nessuna presenza di veleni o sostanze sospette, come liquidi, cibi o farmaci, ma nell'armadio di Franco, fu rinvenuto, oltre ai normali oggetti personali ed alla biancheria, un pacchetto di lettere d'amore,

Tutte concludevano con "tuo per sempre"; erano, infatti, rivolte ad un uomo, mai nominato.

"Leggi qua" disse Renè, mostrando una delle lettere che aveva la data più recente.

"Non puoi lasciarmi così.. te la farò pagare... ti cercherò ovunque!", affermava il misterioso "Tuo per sempre".

Dalla perquisizione non emerse altro.

Alex sbuffava perchè per lui si trattava di lavoro e questa faccenda interrompeva il suo meritato riposo.

"Sarà meglio accompagnare l'ispettore in ufficio", interloquì il direttore cercando di rendere più comodo lo svolgimento degli interrogatori che Alex si apprestava a fare.

Da dove cominciare? Certo dai camerieri di sala, con i quali i maitre avevano maggior contatto.

Visto il contenuto delle lettere l'ispettore iniziò con "Avete mai visto i due in situazioni particolari?"

No, nessuno li aveva visti scambiarsi effusioni e quindi nessuno poteva affermare che i due fossero amanti, ma tutti avevano notato come i due si appartavano sempre in camera allontanandosi dagli altri inservienti.

Uno di essi rispose di aver conosciuto Ciro all'Hotel Bristol di Edimburgo dove si diceva che avesse un amico un po' particolare.

Alex non riusciva a capire perché le lettere erano stata rinvenute nell'armadio di Franco, mentre dagli interrogatori risultava che Ciro fosse stato a lavorare in Inghilterra.

Renè, a voce bassa, rivolgendosi ad Alex "non mi è chiaro il movente, ma certo non si tratta di suicidio/omicidio.

I cadaveri erano stati fotografati e rimossi; le impronte digitali nella stanza erano state prese, mancava, ancora, il referto del medico legale, dopo l'autopsia.

Non restava che interrogare la cameriera al piano, Annuzza.

"Si, erano due amici molto uniti, non li ho mai sentiti litigare", affermò Annuzza, con tono fermo, ma con gli occhi bassi: "in camera tutto era sempre in ordine".

Solo alcuni giorni fa Ciro le aveva consegnato un panama arrotolato affinché lo mettesse nella camera 565.

" Ma la camera 565 è la mia " affermò Renè.

Si alzarono le sopracciglia di Alex che, guardandolo fisso negli occhi, chiese chi avesse ospitato nella seconda cameretta del piccolo appartamento.

Si, il panama era di Valerio che lo portava, infatti, regolarmente.

Alex chiese, allora, di perquisire anche la cameretta di Annuzza e di farlo alla sua presenza.

Fu così che nell'armadio della giovane cameriera, in una tasca di una borsa, fu rinvenuta un'altra lettera con la stessa grafia e la stessa dedica finale "tuo per sempre".

Annuzza scoppio in un pianto fragoroso e balbettando raccontò che Ciro da due anni la trattava come una serva e non l'avrebbe fatta confermare per la stagione successiva.

Così con quella lettera Annuzza intendeva ricattarlo "ma solo per non perdere il servizio".

"Vada signorina" disse Alex, ... ma non lasci l'Hotel per nessun motivo".

Il Maresciallo si fermò alla porta dell'ufficio del Direttore, gli occhi un po' sporgenti, pallido in volto per non aver mai preso il sole, posò il suo cappello sulla scrivania " ma allora è omicidio!".

Restava da interrogare Valerio che era rientrato per cena.

"C'è una strana atmosfera "cosa è successo?", affermò Valerio con il suo solito fare disinvolto.

Il caso è chiuso

Il giorno seguente il medico legale confermò la morte per avvelenamento prodotto da un estratto di una rara pianta indigena dell'India equatoriale.

Certo questo indizio riportava a Valerio che aveva vissuto a Bombay per alcuni anni prima di rientrare a Londra.

Dunque, era ormai certo che tra Ciro e Valerio esisteva un rapporto.

Valerio era stato a lungo in Inghilterra e così Ciro, dove aveva lavorato da semplice cameriere.

Perché le lettere erano, allora, nell'armadio di Franco.

Non c'era che un motivo: Franco le aveva trovate e sottratte a Ciro per ricattarlo?

L'orologio della hall scandiva le 19.30 precise, alle 20.30 sarebbe stata servita la cena, così Alex si decise a convocare tutti nella sala da pranzo.

Della richiesta rimase stupito anche Valerio che al banco bar gustava l'ennesima birra.

"Sapete questa è veramente eccellente, me la porterò in sala".

I convocati si erano disposti autonomamente per rango.

I camerieri insieme, in piedi, all'ingresso della sala; a parte le cameriere dei piani ed in fondo, vicino alla porta della cucina, il cuoco e lo sguattero.

Tra gli ospiti Renè si pose vicino ad Alex su una delle sedie del tavolo grande; a lato, in piedi, il Maresciallo.

Nel tavolo accanto, Cecilia, Robert e gli altri ospiti che, sbigottiti, bisbigliavano tra di loro.

"Ieri è stato compiuto l'assassinio dei due maitre", con fare severo Alex, affermò, rivolgendosi ai convocati.

L'azione era mirata ad una sola persona e Franco sarebbe stato successivamente incriminato se non fosse stato ucciso anche lui.

Di nuovo gli ospiti cercarono di scambiarsi, bisbigliando, la forte emozione che quel racconto procurava loro.

"Ma chi aveva interesse ad uccidere il maitre?"

"Lei, forse?", affermò con tono misurato, ma ad effetto, Alex, indicando con il dito indice la povera Annuzza.

L'attimo di silenzio e di stupore di tutti, che seguì l'accusa, fu rotto dal pianto della cameriera che presa dalla crisi, accompagnata dalla vergogna, iniziò a singhiozzare senza riuscire a pronunciare nessuna parola a sua discolpa.

Era ovvio che l'accusa, fatta ad arte, serviva per far vedere, al vero assassino, che nessuno dubitava di lui.

Lasciata Annuzza nel suo terrore, Alex sembrò dimenticarsene e rivolto alla sala affermò che la soluzione del caso era ormai chiara.

"L'assassino è tra di noi, il caso è chiuso"

Valerio continuava, intanto, a bere la sua birra "eccellente", ma era improvvisamente diventato pallido ed impacciato alla affermazione fatta dall'ispettore"

"Il movente è ormai chiaro e pure le modalità seguite dall'assassino", continuò Alex.

Lo sguardo del Maresciallo, sorpreso, esprimeva la sua ammirazione nei confronti dell'ispettore, ma anche il suo disappunto per non essere stato avvertito prima, dell'accusa che Alex stava per fare.

"La storia si è aggrovigliata, ma era stata ideata in maniera semplice. L'assassino voleva uccidere solo Ciro, per farlo si è introdotto in cucina, ha avvelenato il cibo che Ciro si era fatto preparare e si è volatilizzato.

"Si, ha fatto in modo che la morte avvenisse in sua assenza".

Anche il Maresciallo adesso aveva capito e si portò alle spalle di Valerio.

"Valerio Lei è l'assassinio dei due maitre"

"Questa accusa non è provata", con voce tremula provo a difendersi Valerio.

Tutti avevano gli occhi su di lui, il suo sguardo era ormai quello di un felino in trappola.

"Perché è stato ucciso anche l'altro maitre?", chiese Cecilia?

"Per caso", rispose Alex, "infatti Franco risulta che abbia ingerito lo stesso veleno, assaggiando il succulento cibo riservato a Ciro".

ASSASSINIO ALL'ISOLA DI MOOFUSHI

PERSONAGGI

Robert: un turista.
Paul: il reverendo.
Frank: il capo dell'isola.
Ibi: l'ispettore di polizia.
Imidihi : il pescatore.
Alba: una turista.
Aran: il barista.
Comin: la massaggiatrice balinese.
Cornelius: un airone.
Bonnie e Clyde: le cornacchie.

L'Isola

Il Reverendo Paul apparve sul doni, avanzando dal fondo della barca e, con fare deciso, ci dette il benvenuto senza farci sapere chi era e per quale motivo ci era venuto incontro.

Si avvicinò; aveva larghi bermuda a righe ed una maglietta consunta con due motti sovra impressi:

"dove è il party più vicino", davanti, e,

dietro, ... "Dio come starai meglio domani".

I due motti non potevano che rappresentare la sua doppia anima e la sua singolare personalità!

Eravamo appena arrivati a MOOFUSHI, l'isola più bella dell'atollo di Ari, nell'arcipelago delle Maldive.

L'avevamo scelta perché ci era stata descritta come un'isola tranquilla, dove il mare era il vero protagonista ed i costumi dell'isola erano caratterizzati, solo, da qualche vecchia abitudine inglese.

Ovviamente i maldiviani avevano conservato la lingua e l'usanza del té, da bere a tutte le ore, freddo o caldo, quello della vicina Sri Lanca.

Il Reverendo

Tra i turisti, in barca, era salito un maldiviano perfettamente vestito che se ne stava in disparte ed osservava ogni movimento, con i suoi piccoli occhi lucidi e scuri.

Ascoltava, con particolare attenzione, le parole del Reverendo che ci accoglieva in sostituzione di FRANK, il capo dell'isola, che era da poco andato nella capitale per curare alcune questioni amministrative.

"ROBERT", mi disse PAUL, "qui, all'isola, bisogna togliere l'orologio! Il tempo deve essere scandito, adesso, solo dalla natura!".

Sbarcando, MOOFUSHI ci accolse in silenzio.

Come ci era stato detto, l'isola era muta; non un suono, se non quello delle cornacchie affamate che, intoccabili, dimostravano di essere le vere padrone dell'isola.

Il resort aveva pochi ospiti e, al bar, il Reverendo ci offrì un té caldo per toglierci la sete.

Il barista, un indiano paffutello e chiacchierone, ci garantì una buona permanenza, dato che molti turisti se ne erano andati e quindi ogni servizio era disponibile senza attese.

Tutto ci era sembrato eccessivamente silenzioso, tanto che il primo senso di gioia, fu rimpiazzato da un sottile disagio corrispondente alla malinconica atmosfera emanata delle persone che incontravamo.

La giornata cominciò a trascorrere lentamente; tutto era così rarefatto.

Solo la sera a cena ci ritrovammo al ristorante con gli altri ospiti; il maldiviano, da solo, era in un tavolo d'angolo.

Il Reverendo salutandoci, ci dette appuntamento, dopo cena, nel suo giardinetto, per prendere il té.

Il frangipane

Davanti al suo bungalow, nel piccolo recinto, sotto alte palme da cocco, crescevano molte piante, ma solo una era fiorita: il frangipane.

Il Reverendo ci convinse a sostituire il té, "che d'altronde era troppo inglese!", con un infuso da lui preparato.

Ci fu servito in un bicchiere alto e affusolato, guarnito dai fiori del frangipane, cinque petali bianchi con l'incavo giallo, senza pistilli, che terminava in una aureola rossa.

Portando il bicchiere alla bocca, la fragranza, emanata dal fiore, che si veniva a trovare a contatto con il naso, copriva completamente il profumo dell'infuso che risultava amarognolo, come il té.

L'amabile chiacchierata continuò fino a notte inoltrata.

Dopo la profumata bevanda, bevemmo un malto scozzese e tra un sorso e l'altro, il Reverendo rispose evasivamente alla domanda: *"come mai l'isola aveva così pochi turisti?"*

L'indomani, ancora storditi, tornammo sul pontile.

C'era IMIDIHI, un pescatore dal volto segnato dal sole e dalla lunga barba riccia, che riportava, dall'isola dei pescatori, il maldiviano con gli occhi lucidi.

Non fu difficile, in un inglese molto "masticato", sapere che era appena tornato dall'isola di IMANDOHO dove aveva accompagnato il suo ospite a parlare con il capo dei pescatori.

Il cimitero maldiviano

Erano stati trovati due tumuli bianchi, di sabbia corallina, che non potevano essere stati composti da più di una settimana, e nessuno sapeva di chi fossero.

Strane storie, scomparse misteriose, le nuove tombe; tutto destava in me una tale curiosità che cominciai seriamente ad indagare.

La prima persona che sembrava facile da intervistare era senza dubbio ARAN, il barista paffutello.

Come va?

Alba

"Non si fanno affari, gli ospiti sono spariti e nessuno sembra preoccuparsene! E' rimasta sull'isola solo ALBA."

ALBA, una turista di lingua inglese, che un tempo, forse, era stata assai bella.

Veniva da anni sull'isola, ma, a sentire ARAN, da una settimana sembrava improvvisamente passata nella macchina del tempo!

Occhiaie gonfie e scure, la pelle segnata da piccolissime rughe e quel colore diafano la rendevano ancora più stanca, come fosse improvvisamente invecchiata.

ALBA usciva poche volte, nonostante l'invitante azzurro del mare, ma io l'avevo incontrata la mattina presto, mentre usciva da un bungalow dell'interno, dove si facevano i massaggi balinesi.

Anche la balinese COMIN, due grandi occhi neri che si muovevano su un corpo piccolo ed agile, mi aveva confermato il malessere di ALBA ed il suo strano comportamento.

L'aveva vista, la mattina, raccogliere alcune piante del frangipane, strappando, con forza, le radici dalla sabbia corallina dalla quale, misteriosamente, riuscivano ad assumere le sostanze necessarie per garantire la vita ai bellissimi fiori.

Quella sera, con ALBA ci ritrovammo dal Reverendo che non poteva chiudere la giornata senza farci bere i suoi infusi e parlarci amenamente dei costumi maldiviani.

Nuovamente andammo a dormire tardi e molto frastornati dalle bevande.

L'immersione

ALBA sembrava in trance, ma ci promise che la mattina dopo avremo fatto un'immersione insieme sul fondale dei coralli.

Ci accompagnò IMIDIHI.

L'acqua era tersa, il fondale colorato per gli innumerevoli pesci multicolore e per i coralli vivi, incontaminati.

Scendemmo insieme: ALBA era, al solito, strana e confusa.

Arrivati sul fondo cominciammo a pinneggiare, tenendoci prudentemente vicini, poi, ALBA volle entrare in una grotta a vedere le aragoste: erano tante e con le antenne lunghissime e bianche.

Uscendo, senza una apparente ragione mi strappò l'erogatore dalla bocca ed impedendo che potessi prendere quello di riserva, mi strinse a sè guardandomi attraverso la maschera con occhi spaventati.

Riuscii a divincolarmi ed a trascinarla immediatamente a galla, agendo sul gav.

Ritrovammo l'aria fresca che respirammo in quantità; poi, al mio "perché?", ALBA piangendo, raccontò che improvvisamente le era mancata l'aria.

IMIDIHI mi fece notare, però, che la bombola era ancora quasi piena e tutto sembrava in ordine.

Tornato al bar non potei fare a meno di raccontare l'accaduto al barista.

Il piccolo maldiviano, in disparte, ascoltava attentamente e, solo alla fine del racconto, si presentò, aspettando che il barista si fosse allontanato.

Si chiamava IBI, era un ispettore di polizia e stava indagando sulla scomparsa di due turisti.

Lo aveva incuriosito la storia di ALBA, tanto da annotarla nel piccolo taccuino che teneva riposto nel taschino della sua lunga camicia.

Quella sera non tornai dal Reverendo, ma ci andò ALBA: così ci disse l'ispettore, la mattina seguente, quando ci informò dell'accaduto.

La morte di Alba

ALBA era morta, era stata trovata nel suo letto, con le mani alla gola, come se le mancasse il respiro.

Ora l'isola esprimeva il mistero più profondo.

Seduto sull'ultimo scalino del pontile, ondeggiando le gambe nel vuoto, osservavo il roteare dei pesci.

Dall'altra parte, sulle sue lunghe gambe, anche un vecchio airone, CORNELIUS, sembrava avere lo stesso pensiero.

Ambedue non sapevamo che pesci prendere!

Provai a ricomporre i fatti in modo cronologico, cioè per come gli avevo appresi, cercando di evidenziare i tratti comuni.

Ma c'era poco da aggiungere alla scoperta dei tumuli, sull'isola dei pescatori, ed alla morte di ALBA.

Tre morti sospette

Dunque tre morti sospette, nessun movente, solo un indizio: lo strano comportamento di ALBA, quel suo strano malessere, comparso da giorni e peggiorato fino allo spasmo finale.

Non potevo rimanere inerte: ero preso dal fuoco della curiosità.

Non mi rimaneva che tornare dal Reverendo.

E così feci.

Quella sera PAUL compianse Alba; "poverina, gli era sempre sembrata di salute cagionevole."

Mentre l'acqua per la bevanda era ancora sul fuoco, il Reverendo fu chiamato al telefono.

Era IBI.

Farfugliando, rispose che l'indomani mattina lo avrebbe potuto incontrare di buon ora.

Fu allora che mi avvicinai alla libreria e scorrendo i titoli dei vecchi volumi messi in buon ordine, molto consunti e in varie lingue, trovai, sullo scaffale più alto, una grossa rilegatura in tela blu, dal titolo: Flora delle Maldive.

Incuriosito, guardai l'elenco alfabetico delle specie trattate, per cercare il frangipane, di cui il Reverendo amava guarnire la sua particolare bevanda.

E scoprii che l'antico vegetale aveva la proprietà di essere utile per fabbricare essenze profumate, ma anche un portentoso veleno.

Con le sue radici, infatti, si poteva ottenere un infuso pericoloso a tal punto che l'uso prolungato avrebbe prodotto morte sicura per asfissia.

Ormai non avevo più dubbi.

Il Reverendo cercò in tutti i modi di propinarmi la sua bevanda, ma riuscii a farmi versare, in sostituzione, l'ottimo malto scozzese che avevo assaggiato la sera prima.

Nella mia testa fluttuavano molte domande per cui avevo bisogno di saperne di più e così indussi il Reverendo a raccontarmi la sua storia.

Al termine della serata gli detti appuntamento per l'indomani alle 6,45 p. m., al bar: avrei voluto in tal modo ricambiare la bevuta.

La mattina dopo ebbi modo di invitare anche IMIDIHI e IBI, all'appuntamento serale.

Furono tutti puntuali; il barista ci preparò un ottimo aperitivo analcolico, a base di papaia, e forse di altri frutti esotici, tanto era profumato e dolce.

Ma il profumo era forte anche nell'aria perché tutto intorno c'erano arbusti di frangipane fiorito.

Dopo alcuni convenevoli portai l'attenzione dei presenti sui fatti che avevano turbato l'isola.

IBI cercò di stuzzicarmi per farmi parlare; evidentemente non aveva trovato il movente e vedeva tutti colpevoli.

Bonnie e Clyde

Su di noi, due cornacchie svolazzavano gracchiando.

Vedevano i piccoli biscotti salati sul bancone del bar, e cercavano di raggiungerli mentre eravamo distratti, così come sono solite fare le gazze ladre.

Intanto, BONNIE E CLYDE, attendendo il momento migliore per rubarci i biscotti, spelluzzicavano quel poco che trovavano per terra.

PAUL le maledì, imprecando che, se non fossero state considerate sacre dai maldiviani: avrebbe benedetto chi gli avesse portato due zampette al giorno!

BONNIE, svolazzando, fece cadere vicino a me una piccola radice secca, che stava portando in volo con sé.

Forse voleva distrarmi? O suggerirmi qualcosa? Presi spunto da quel rametto per entrare in argomento.

Nessuno sapeva, o almeno mostrava di sapere, che si trattava della radice del frangipane.

Affrontai subito PAUL chiedendogli se la riconosceva, dato che la varietà era ampiamente trattata, nel suo libro, con tutte le sue particolarità.

Ora gli occhi di tutti erano su di lui ed i suoi erano spaventati e cercavano riparo.

Andai avanti spiegando ai presenti che la morte di ALBA era dovuta ad un avvelenamento che assomigliava a quello indotto dall'infuso del frangipane.

Avevamo capito

Mr. IBI aveva finalmente capito e cercò di metterlo alle corde, ma PAUL si difese con fermezza: non c'erano prove, non c'era il movente.

Ricordai, allora, ai presenti, che il Reverendo, mi aveva raccontato la sua gioventù vissuta in una colonia.

La madre era stata assassinata da un ricco turista portoghese che si era perdutamente invaghito di lei e IBI mi aveva detto che i due turisti scomparsi erano un vecchio portoghese con la sua compagna.

Ero riuscito a mettere insieme i pezzi!

Spiegai che nonostante fossero passati molti anni, PAUL non si era certamente dimenticato di quel cognome e forse anche del volto dell'assassino della madre, ed una volta ritrovato, non era stato difficile uccidere lui, e la sua compagna, lentamente, con la tisana del frangipane.

Ma perché ALBA, allora?

Fu IBI a spiegarcelo.

ALBA portava il cognome dell'uomo assassinato.

Era la loro figlia che era stata abbandonata venti anni prima, e l'isola era il luogo di incontro che si erano dati per ritrovarsi dopo tanti anni, così risultava in una lettera trovata nel bungalow di ALBA.

ALBA aveva capito e PAUL, sentendosi scoperto, aveva pensato di liberarsi anche di lei.

IBI si alzò in piedi e lentamente si avvicinò a PAUL che ormai era braccato.

Negli archivi della polizia risultava, infatti, ancora misteriosa la morte della madre di PAUL che, una ventina di anni prima, gestiva un piccolo resort, frequentato da turisti europei.

Chiesi al barista dell'acqua calda e affondai nella tazza fumante le radici del frangipane che mi aveva portato BONNIE e la porsi al Reverendo.

Fu allora che, preso da un atteggiamento mistico, che non si addiceva al suo fare chiacchierone, PAUL si inginocchiò e chiese perdono al Signore.

Nonostante i voti, l'odio aveva covato in lui per tutti quegli anni e, ritrovato l'assassino della madre, aveva dovuto ucciderlo.

IBI fermò le mani di PAUL dietro la schiena con le manette, ma non si era accorto che il Reverendo aveva già bevuto tutta la tisana di frangipane.

Il sole tramontava all'orizzonte aggiungendo il suo bel colore al profumo della sera.

ASSASSINIO ALL'ISOLA DI MAAFUSHIVARU

PERSONAGGI

Robert: il professore
Lilly: moglie di Robert
Scarlet: amante di George
George: amante di Scarlet
Daisy: moglie di George
Maggy: amica di Adeline
Adeline: amica di Maggy
Ernest: il medico
Assan: il cameriere
Hibrahim: il facchino
Thai: la massaggiatrice

Maggy e Adeline

"Maggy, te l'avevo detto", disse Adeline.

" Tutta la fila sbuffa ed ha capito benissimo la tua manovra di infilarti a metà riducendo l'attesa".

La lunga colonna di viaggiatori al chek-in dell'aeroporto rendeva sgomenti al pensiero di percorrerla tutta, ma il modo subdolo e al tempo stesso prepotente di Maggy, di inserirsi tra i viaggiatori non passò inosservato.

Le due signorine erano amiche e da sessanta anni vivevano vicine e viaggiavano sempre insieme non spaventandosi di itinerari lontani e faticosi.

Erano state abituate dai loro genitori che avevano vissuto insieme nell'India coloniale al servizio di Sua Maestà.

Là, in quei territori misteriosi avevano imparato a vivere affrontando le difficoltà dei luoghi e della vita di allora per cui non avevano certo paura di avventurarsi in un nuovo paese lontano.

Stavolta il viaggio non era certo dei più difficili, nonostante l'età, ormai avanzata, le rendesse affaticate dal caldo umido della stagione.

Vestite stravaganti con mille colori addosso, segno del loro carattere vivace, combattevano così il grigio clima di Glasglows dove erano tornate a vivere con i genitori al ritorno dall'India.

Sul volto tondo e la pelle rosata e tesa di Maggy, come quella di un bimbo, due occhi piccoli e pungenti che mostravano come si sentiva indispettita per non essere riuscita a farla franca.

L'isola

Maafushi Varu mostrava dall'alto tutta la sua bellezza anche se una parte risultava circondata da muretti antierosione.

Dal finestrino dell'idrovolante si intravedevano i suoi lineamenti: rotonda con una piccola laguna bianca e rigogliosamente verde di palme e mangrovie.

La barriera corallina sembrava facilmente accessibile da un lato dell'isola mentre la laguna circondava gli altri due lati.

Di forma triangolare, posizionata nell'atollo di Ari, dista 88 km da Male, pertanto preferimmo usare l'idrovolante che ci avrebbe permesso di raggiungerla in soli 25 minuti.

Nel resort, completamente ristrutturato nel 2005, ci fu assegnato un bungalow posizionato direttamente sulla spiaggia.

Avevamo disprezzato l'overwater!

Tutti avevano il tetto ricoperto da foglie di palma da cocco.

Una delle poche isole di buon livello dove nelle strutture comuni, come la reception, la lounge e il bar, il pavimento è ancora di sabbia corallina.

L'isola si caratterizza anche per avere accanto una gemella più piccola Libobo, (Lonubo) con solo alcune piante giovani segno che l'isola era emersa da pochi anni, ma anch'essa circondata da una bella laguna blu.

Saliamo a bordo di un dhoni in legno, e caricati i bagagli ci portano sull'isola facendoci scendere sul pontile di attracco.

Incredibile....... sotto di noi un acquario!

Pesci pappagallo giganti, pesci balestra, pesci multicolori!

Nemmeno il tempo di finire di attraversare il pontile e intravediamo un piccolo squalo che scorre veloce a fior d'acqua.

Il viaggio

Il viaggio era stato pessimo!

La partenza era slittata di sei ore e quindi la stanchezza del viaggio si faceva sentire ancora di più.

Arriviamo a Malè dopo circa 9 ore che sommate a 4 di fuso orario corrispondono alle cinque di sera ora locale.

In attesa del trasferimento, l'organizzazione ci ha subito trasferito nella lounge riservata dove ci hanno dato una bottiglia ciascuno di acqua e una salvietta di cotone bagnato, molto utile visto il caldo umido locale.

All'imbarco ci aveva lasciato una coppia che, presunta una permanenza ancora più lunga in aeroporto, aveva preferito fermarsi in albergo per partire con il primo aereo dell'indomani.

Il pensiero, atterrando, ripercorreva la splendida settimana passata l'anno prima a Moofushi, scandita dalle oziose pause tra snorkeling, immersioni, massaggi e tanto cibo.

Ma il ricordo più forte si poteva dire "profumato?".

Il frangipane: l'avremmo ritrovato su questa nuova isola?

La giornata si presentava stupenda; non un alito di vento, nessuna nuvola, neanche all'orizzonte, come invece accade spesso di vedere al tramonto contribuendo a colorare fortemente il cielo prima della notte.

Lilly

"Bello arrivare in un luogo dove il KARAOKE non è ancora arrivato..."

Gli occhi di Lilly si muovevano pigramente nella penombra scansando le forti lingue di luce che provenivano dalle aperture del bar dove sorseggiavamo il caffè.

Nell'angolo del locale era comparsa la coppia che aveva lasciato il gruppo e che evidentemente doveva essere arrivata da poco, visto l'abbigliamento certo non maldiviano.

Ci serviva al tavolo Assan inguainato da un pareo grinzoso che dimostrava la minuta mole dell'uomo che era rimasto adolescente nell'aspetto.

La rapida occhiata di Lilly bastò per notare il candore della pelle della giovane turista, rammaricandosi di non aver preso il proprio cappello.

Ma qui all'isola, visti i frequenti bagni utilizzava un semplice copricapo di tela bianca.

Mancandole questa copertura si sentiva impacciata con i capelli inariditi e appiccicosi dalla salsedine.

Robert

Nemmeno il tempo di entrare in camera, prendere un costume dalle valigie e attraversare la spiaggia per il primo tuffo nel mare cristallino.

Là, prima del mare accecati dal bianco della sabbia corallina giocavano a beach-volley turisti e maldiviani imprecando tutti in un inglese improbabile.

Nulla turbava la serenità del volto di Robert, il professore che fu chiamato subito ad arbitrare la partita.

Ma Robert prendeva molto alla leggera i suoi doveri.

Infatti, anziché la partita, era continuamente distratto dalla deliziosa scollatura della giovane che mostrava la delicatezza dell'incarnato bianco tipico delle bionde.

Scarlet e George

George veniva avanti lentamente con a fianco la giovane che incedeva con movimenti graziosi.

Indossava un leggero vestito color rosa e portava un cappello della stessa tonalità, con falde grandi che le ombreggiava anche le spalle.

I capelli ricci, erano raccolti sulla nuca e le sue labbra dischiuse mostravano un sorriso che poteva sembrare al contempo ingenuo e malizioso.

Gli occhi del turista fissavano immobili il mare e la colazione era rimasta intatta sul tavolo.

Profonde rughe segnavano la fronte sotto una immacolata capigliatura bianca, di taglio americano, quello che una volta si diceva " a spazzola ".

Lei, minuta, di un biondo perfetto mostrava l'azzurro dei suoi occhi sopra un grazioso nasino all'insù: era giovanissima.

Ogni volta che la guardavi ti sentivi rallegrato da quel suo sguardo sbarazzino e così colpivano le sfumature dei suoi capelli tra il miele e la marmellata d'arance.

Dio solo sa perché non era così difficile resisterle.

Scarlet aveva un aspetto placido, intimo, amabile, ma era annoiata dalla partita, dal caldo, dagli urli dei giocatori.

Aveva scelto quell'isola più che per la piacevolezza del luogo per la sua distanza dall'Inghilterra.

Ibrahim

Il capo dell'isola fece cenno ad un uomo vestito di blu di avvicinarsi: era Ibrahim, l'uomo di fatica dell'isola.

Si avvicinò portando una mano alla testa, in segno di saluto.

Era alto, magrissimo e l'età era impossibile da decifrare e aveva una bellissima dentatura che spiccava nel nero del suo volto.

Il suo sguardo sembrava acuto ed intelligente più di quanto non fosse lecito aspettarsi da lui.

Prese le valigie e si diresse verso il bungalow assegnato alla nuova coppia.

Ibrahim era l'uomo che la sera precedente aveva partecipato al bodubero battendo un grosso tamburo e ballando poi una danza scatenata nella quale sembrava imitare prima la fuga di una bestia braccata, e poi la gioia di un cacciatore felice del trofeo.

Il temporale

Si era levato il vento da poco ed ora rafforzava portando grosse nuvole color porpora che erano rimaste, nella mattinata, ferme all'orizzonte, accovacciate e quasi invisibili tra cielo e mare.

Ora crescevano a vista d'occhio e si gonfiavano mostrando la loro grandezza ed esprimendo un probabile acquazzone, come succede spesso la sera quando la stagione va verso quella dei monsoni.

Un'ombra densa si allungò sull'isola ormai coperta tutta dalle nuvole.

Alle sfumature del rosso si erano sostituiti ora, scialbi toni del grigio e dell'azzurro macchiati dallo scuro delle nuvole imponenti.

Il tuono levò la sua voce e decidemmo di riparare al bar.

Un vero rovescio, di colpo, irruppe dalle nuvole.

La pioggia cadeva pesante e segnava la sabbia bianca di tanti piccoli tondi.

Stavamo finendo la nostra bevanda, mentre il tuono brontolava già lontano, portando con sé anche i lampi e liberandoci dal terrore che potessero cadere sull'isola, così come li vedevamo cadere sul mare.

Ancora Maggy e Adeline

Sull'isola Maggy ricomparse la sera per cena.

Arrancando lentamente, col bastone, utilizzava anche Adeline per scendere gli scalini.

Tutto avveniva con armonici movimenti in maniera automatica facendo capire come le due amiche fossero praticamente vissute sempre insieme, l'una in aiuto dell'altra.

Sinceramente sembrava a tutti che questo luogo fosse lontano dalle possibilità fisiche delle due anziane signore, non per il clima, ma per l'inadeguatezza dello stesso, attraente solo per chi poteva dedicarsi pienamente agli sport acquatici oppure ai bagni di sole.

Ma anche questi erano proibiti alle vecchie inglesi che cercavano riparo in ogni luogo ombreggiato.

Apparivano a colazione ed a cena per sparire durante le ore più calde, ma quel giorno si dilungarono al bar conversando in inglese con George e la sua giovane compagna: gli unici turisti inglesi presenti sull'isola, oltre a Ernest.

Bonny e Clyde, come di consueto, svolazzavano gracchiando: l'ora del tè sembrava suggerire, anche a loro, un pò di appetito e le signorine sembravano gustare con soddisfazione gli untuosi biscotti serviti con il thè della vicina Ceylon.

La cena

Scarlet vestiva in modo eccentrico e denso di messaggi.

In aeroporto si era presentata vestita con una bluse rosso fuoco con scarpe dal tacco di raso, sempre rosso acceso, in tinta, in maniera completamente inappropriata per il luogo.

Anche quella sera aveva voluto indossare un completo marrone con un profondo scollo di dietro e scarpe altissime crema e caffellatte.

Ondeggiando su quei trampoli si era diretta verso le signorine mentre George sembrava infastidito dal ripetersi dell'incontro volendo rimanere solo e inosservato.

In effetti si sentiva a disagio anche perché era chiaro il motivo della loro unione, non essendo Scarlet sua figlia pur avendo almeno 40 anni di meno!

Il ristorante offriva ottimi piatti prevalentemente di cucina italiana senza disdegnare la cucina locale.

Al bar

La comunicazione sembrava brillante e Adeline annuiva con sorrisi garruli, ma in effetti solo la giovane compagna sembrava partecipare attivamente alla conversazione.

Il motivo c'era: Maggy aveva saputo cogliere il suo lato debole: i vestiti.

George si toccava nervosamente i capelli; si sentiva a disagio estraniato di fatto dalla conversazione.

Accigliata, non mostrava interesse per gli argomenti toccati dalle signorine.

Solo guardando Scarlet sorrideva mostrando attenzione per la sue affermazioni tanto da poter dire: “abbiamo ancora tante cose da dirci”.

Scarlet febbricitante

Scarlet era arrivata già febbricitante ed era stata subito visitata dal medico dell'isola.

Ernest, di origine italiana, si faceva chiamare l'inglese per il suo perfetto modo di parlare, di muoversi e di vestire e trovava sempre l'occasione per decantare l'Inghilterra come fosse il suo paese e le sue tradizioni.

In effetti, si diceva che Ernest, fosse fuggito dall'Italia alla fine della seconda guerra mondiale e non ne avesse più fatto ritorno; del resto della sua vita niente moglie, figli, lavoro: niente.

Scarlet si sottopose di buon grado alla visita e si preoccupò quando Ernest affermò che i polmoni erano in cattivo stato e la bronchite sarebbe stata lunga da guarire, specie sotto il sole splendente delle Maldive, se non si fosse avviata una cura efficace: una puntura al giorno di antibiotici.

Conversando con le due vecchiette

Il tempo scorreva lento, segnato dagli orari nei quali era abitualmente divisa la giornata: dodici ore di luce ed altrettante di buio.

Il sole si alzava alle sette circa e dopo dodici ore si tuffava nell'orizzonte lontano, spesso riparandosi dietro una piccola nuvola, che pur coprendolo alla vista, regalava coloratissime radiazioni rosse.

Ritualmente l'airone cantava all'alba, la volpe del deserto volava al tramonto da una parte all'altra dell'isola e Maggy e Adeline si ritrovavano al bar con Scarlet per sorseggiare insieme una tazza di thè.

Ormai divenute amiche, quasi confidenti, Scarlet con un sorriso malizioso, aveva fatto capire che George le aveva permesso di aiutarla nella sua carriera di attrice.

Il naso a punta, un po' all'insù, quegli occhi azzurri e intensi, rendevano l'inglesina attraente sicuramente più agli uomini che parlandole sembravano perdersi nella sua bocca rossa e carnosa.

"George è molto felice con me, sono riuscita a strapparlo dalla sua città e non gli permetterò di tornarci più", affermò categoricamente Scarlet lasciando ammutolite le amiche.

La gita

L'indomani era stata programmata una escursione in una laguna lontana tanto che la partenza era prevista all'imbrunire e, quindi, il rientro nella mattinata successiva.

L'organizzazione avrebbe pensato a tutto, l'unico nostro pensiero era quello di voler condividere tutti insieme un esperienza indimenticabile.

George e Ernest decisero di parteciparvi, spinti dalla promessa di trovare gli squali martello che in quella stagione risalgono in superficie attratti dall'acqua particolarmente calda e dalla luna piena che gli facevano scambiare il giorno per la notte

La biologa che ci aveva accompagnato nelle varie immersioni al reef ci spiegava che ci saremo immersi al centro dell'atollo di Ari nei famosi punti di Fish Head e Maaya Thila.

Lì avremo incontrato creature marine spettacolari: dagli squali pinna bianca alle tartarughe, dai napoleoni giganti all'aquila di mare, dai garangidi blù ai trigoni e lion fish: insomma ogni incontro sarebbe stato una emozione unica!

L'ultimo thè

La bronchite di Scarlet nonostante le cure era peggiorata ed era aumentata la fastidiosissima febbre.

"Non vi preoccupate", disse Maggy, "in caso di bisogno aiuteremo noi Scarlet".

E così fu: dopo la partenza di George ed Ernest, Scarlet si mise a letto in un bagno di sudore.

Viste le amiche, Scarlet si rialzò e si diresse verso la veranda dalla quale si intravedevano le mille sfumature del mare tra l'azzurro e il blu, accompagnata da Maggy, mentre Adeline prese il bollitore per preparare il thè.

Con il tramonto si levò il vento dal mare.

Scarlett rabbrividì e chiese di essere accompagnata nuovamente a letto dalle due amiche per poi degustare la bevanda appena preparata.

Adeline e Maggy si accommiatarono perché l'indomani sarebbero partite.

Nella veranda Adeline aprì la sua borsetta, paffutella come la sua proprietaria, estrasse da una specie di borsello una bustina con della polvere bianca, ma fu Maggy a versarla nella tazza da thè destinata a Scarlet.

Scarlet madida di sudore, adagiata sulle lenzuola sgualcite del letto si addormentò lentamente in un sonno profondo.

Solo allora le signorine la lasciarono per tornare al loro bungalow, sicure che ormai la bevanda avesse iniziato il suo lento decorso.

Addio Scarlet

Erano le sette ed il sole si levava dal mare lentamente.

Se fosse stata una fotografia sarebbe stato impossibile riconoscere l'alba dal tramonto.

Adeline e Maggy, sempre a braccetto, salirono sul pontile che le portava al dhony con il quale avrebbero raggiunto la chiatta e quindi l'idrovolante.

Si girarono indietro insieme guardando l'isola e dissero: "addio Scarlet!"

Il professore si diresse ancora assonnato verso le palafitte dove le tailandesi facevano i massaggi più strani alle signore ormai in età, alla ricerca di nuovo tono muscolare e nuova lucentezza della pelle!

Il Thai

Il professore era forse l'unico uomo che si trovava nella SPA.

Thai sapeva come trattarlo: con forza, non solo delle sue mani, ma anche di tutto il suo corpo, minuto ma robusto.

Quella mattina il ricordo dell'accaduto rendeva Robert ancora più lontano con il pensiero nella stanza sul mare adibita alla cura del corpo.

Thai scoprendo dal telo, una parte alla volta del corpo, sottraeva qualsiasi rapporto potesse esserci con il corpo dell'uomo.

Sotto le sua fortissime mani Robert risultava oggi duro e teso come non mai cosichè Thai passò allo Shiatsu più duro spingendo sulla schiena con tutto il suo corpo.

"Ahi!", urlò Robert, muovendosi di scatto per sottrarsi al peso che lo aveva stavolta reso dolorante.

Uno strappo secco, quasi sonoro, e la lacerazione dovuta a tanta energia aveva sottratto Robert dalla meditata ricostruzione dell'accaduto.

La morte di Scarlet

Tutti nell'isola dicevano che era stata una disgrazia: il corpo mostrava i segni dell'affaticamento, ma nessuna violenza e la causa del decesso era stata accertata senza dubbi: morte accidentale.

Robert avrebbe voluto essere d'accordo proprio per eliminare quel senso di rabbia che gli dava quella misteriosa morte.

Ernest si domandava: "come poteva essere accaduto un peggioramento così improvviso?"

"Vedi Robert, è stato un semplice collasso solo che è avvenuto durante un sonno profondo dovuto forse alla stessa debolezza di Scarlet ed al fatto che non ha potuto chiamare nessuno per essere aiutata".

"Se George le fosse stato vicino mi avrebbe potuto chiamare e sarebbe ancora viva".

Meditazioni

Robert se ne stava saggiamente seduto, sorseggiando un aperitivo verde, ghiacciato e profumato dalle foglie della pianta inserita nel bicchiere.

Scarlet era stata trovata morta nel suo letto e certo questa morte non poteva essere dovuta a quella brutta bronchite.

Il medico dell'isola, visitandola, aveva trovato in camera una siringa e una stagnola bruciata e aveva perciò firmato il referto medico come arresto cardiaco.

"Eppure quella morte era strana!" disse Robert a Lilly.

Tutto era velocemente precipitato proprio il giorno in cui il medico si era allontanato dall'isola.

Solo le signorine inglesi che conversavano ormai solo con Scarlet avrebbero potuto aiutarlo a capire, ma ambedue si erano improvvisamente eclissate.

Il referto

La polizia locale non mostrò interesse per il caso.

La turista era coperta da una polizza assicurativa per cui ogni spesa e ogni necessità sarebbe stata completamente rimborsata senza aggravio né per il villaggio né per il governo.

La salma di Scarlet era già partita per l'Inghilterra con George che aveva visto infrangere il suo sogno d'amore e di gioventù.

L'isola aveva ripreso la vita di sempre.

Il Club del Punto a Croce

Era una domenica piovosa d'inverno e Glasgow si presentava più grigia del solito, ma Maggy e Adeline erano felici d'incontrare, al Club del Punto a Croce, l'amatissima Daisy.

Daisy, Maggy e Adeline erano coetanee, avevano vissuto insieme in India e si erano fatte, allora, una solenne promessa: aiutarsi sempre fino alla morte.

Non rivedevano l'amica dal suo rapido rientro in patria quando l'India dichiarò l'indipendenza.

Erano passati tanti anni e si erano sempre scritte.

Sapevano che Daisy si era sposata e che purtroppo era stata abbandonata dall'amatissimo marito per una giovane biondina: Scarlet!

Solo da poco erano rientrate in patria ed avevano ripreso la loro forte relazione scandita dai giovedì al Club del Punto a Croce.

Daisy aveva chiesto aiuto e le amiche avevano promesso che avrebbero fatto di tutto per farle tornare il sorriso.

Entrando nel club trovarono Daisy particolarmente gioiosa.

Finalmente insieme!

Devo raccontarvi la mia grande gioia: George è tornato a Glasgow e mi ha chiesto scusa".

Daisy ricordò alle amiche la riunione del giovedì e loro insieme risposero: "come allora mia cara".

Così Maggy ed Adeline avevano ritrovato con Daisy il loro sereno scorrere del tempo!

ASSASSINIO ALL'ISOLA DI PANTELLERIA

PERSONAGGI

Alfio: possidente
Fefè: grande architetto
Lella: moglie di Fefè
Sasà: viticoltore
Tina: moglie di Sasà
L'Albanese: geometra del paese
Il tunisino: il proprietario del peschereccio
Robert: un ospite inglese
Marco: un continentale

L'Isola: Pantelleria!

L'Isola

la geografia dell'isola racconta la sua storia fatta di un passato arabo e di un presente legato al vino.

Più vicina all'Africa che alla Sicilia, fortemente scoscesa, insomma un piccolo fazzoletto di terra, che si visita in un giorno e dove si può trovare un pò di tutto: grotte, sorgenti termali e favare (emissioni naturali di vapore acqueo), altipiani e laghi vulcanici.

Per capire la bellezza dell'Isola bisogna però andarci, e visitarla con una persona del posto, oppure con Marco, tanto da lui è amata e coonosciuta.

Poi, quando parti, scopri che ti ha conquistato, forse perché è un'isola, ma anche per le sue rocce scure, che si mescolano al verde, per via della vegetazione che il vento mantiene bassa.

Ma anche per le costruzioni ancora discrete che punteggiano il paesaggio senza stravolgerlo, pur caratterizzandolo fortemente con le cupolette bianche di calce: i dammusi.

Anche le vigne non sono presenti come da noi: infatti non sono rette da pali e da fili, per cui i vigneti assomigliano ad una piantagione primordiale, selvaggia e spontanea se non fosse per la regolarità degli impianti, ormai tutti rinnovati.

Eppoi sull'altopiano di Mueggen, chilometri di muretti a secco e di terrazzamenti di ossidiana, una roccia scura che è stata la materia prima degli utensili di lavoro per millenni ed oggi continua a segnare le curvature della montagna tutta terrazzata e coltivata a zibibbo.

Si sa, a Pantelleria sono tutti agricoltori.

A Pantelleria non c'è il mare!

Ma di ossidiana si fanno ancora collane bellissime, come di corallo nero, e Robert non potè fare a meno di comprane una da regalare al suo ritorno.

Il dammuso di Marco

Era impossibile non rimanere colpiti dalla semplice bellezza di quella terra.

Inconsciamente Robert promise a sè stesso che un giorno avrebbe comprato sull'Isola una proprietà dove trasferirsi.

E' vero, avrebbe voluto comprarne una in ogni posto di mare, tanto era forte l'emozione che la massa blu gli procurava.

Però doveva trovarsi in un posto isolato, adatto per realizzare il sogno della sua vita: la pittura.

Il piccolo dammuso di Marco che lo ospitava nel breve soggiorno era rimasto intatto ed era stato sistemato solo all'interno senza travolgere lo stile della casa.

Una stanza per dormire, una per mangiare, una per ricevere.

Alle spalle della casa, l'ultima dell'abitato, inizia la macchia mediterranea con l'erica, il mirto, il corbezzolo, il lillastro, il sorgo.

Lì vivono innumerevoli conigli selvatici, i veri padroni dell'isola, eppoi le poane, la civetta, il gufo e il barbagianni con quel suo strano grido notturno, rauco e spiacevole.

Più in alto, nella bassa vegetazione, si ergevano vecchie querce da sughero, le uniche in grado di resistere alla forza del vento.

Le altre piante, senza l'aiuto dell'uomo, si erano piegate e, ormai prone al dio vento, rimanevano vicine alla terra ove, di notte, l'escursione termica faceva accumulare le poche gocce d'acqua indispensabili alla loro vita.

In lontananza, di notte, i fari delle auto che transitavano sulla strada costiera della Tunisia, nel tratto di fronte all'Isola, rendevano meno buia la notte facendoci sentire meno soli.

Il dammuso di Alfio

Vicino al dammuso di Marco, che ospitava Robert per una breve vacanza, iniziandolo ai misteri ed ai piaceri dell'Isola, sorgeva un altro bellissimo dammuso, perfettamente restaurato, che non mostrava i segni del nuovo, come accade, di solito, quando il cantiere è appena chiuso.

La tipologia del restauro, perfettamente in linea con la tradizione.

Alfio l'aveva da poco restaurato con la sua impresa.

Era il più ricco possidente e nelle sue case erano ospitati gli amici importanti che frequentavano abitualmente l'Isola.

Poco distante dalla casa si ergeva una costruzione cilindrica con pietre murate a secco, alta più di un uomo, il cosiddetto “giardino arabo o pantesco”.

I muri servivano a proteggere il piccolo orto e gli alberi di limoni e di aranci dal vento salmastro, che solo dentro questa struttura riuscivano a svilupparsi raggiungendo la loro altezza normale.

Poco distante, immersa nella terra rossa di origine vulcanica, era stata costruita la grande cisterna che raccoglieva l'acqua piovana, utile solo per uso della casa e per gli ortaggi e per l'irrigazione di soccorso delle piante.

Il tetto della cisterna, pur essendo al livello del terreno, era costruito in modo da raccogliere l'acqua piovana e indirizzarla verso uno scarico che la immetteva dentro il recipiente.

L'omicidio di Fefè

All'interno della casa, Fefè giaceva riverso nel letto, il volto esangue, gli occhi spalancati, la bocca spasmodicamente aperta alla ricerca di aria.

Lella impaurita lo aveva ritrovato in cucina, seduto sulla sedia accanto al tavolo azzurro, riverso su se stesso, come addormentato.

Sul tavolo un bicchiere ed il posacenere pieno.

Marco e Robert furono svegliati dagli urli di Lella che chiedeva soccorso.

La morte di Fefè era avvenuta durante la notte, sicuramente all'interno del dammuso.

Fefè era un uomo particolare: la smania continua del suo corpo era accentuata dal movimento delle mani, dal fumare continuo, dal parlare frenetico, dal bere smodato: tutto in modo eccessivo.

Grande architetto, di origine e sembianze arabe, frequentava l'isola ormai da anni, aveva sempre promesso di comprare un dammuso, ma poi rimaneva ospite coccolato nella splendida proprietà di Alfio.

Tutti lo invitavano e non c'era sera che dovesse trascorrere da solo.

Lella

Ma la vera attrazione dell'isola era forse la moglie.

Longilinea, seppure non alta, molto più giovane di Fefè, capelli cortissimi, ricci, ovale perfetto, occhi grandi neri.

Ci sono donne che sembrano non avere età: adulte e ancora giovani, mature ed ancora fresche!

Gli occhi, mutando velocemente, davano il segno dell'età: bastava, infatti, un lampo per farla sembrare addirittura bambina!

Libera dalle inquietudini dell'età e dalla paura di invecchiare, lo sguardo tenero, ma anche astuto, dunque indefinita ed indefinibile.

Poche concessioni alla vanità, salvo gli innumerevoli occhiali da sole, Lella vestiva lunghe tuniche bianche e portava solo sandali in ogni stagione dell'anno.

I grandi spacchi degli abiti arabeggianti mostravano gambe affusolate e piccole caviglie.

Energica, solitaria era ormai determinata nel portare a compimento l'acquisto della casa che suo marito, invece, di anno in anno rimandava.

Solo così avrebbe potuto prolungare nel tempo la sua permanenza sull'Isola.

L'Albanese

Perciò era sempre in giro con l'Albanese, un giovane geometra titolare della agenzia immobiliare più importante.

Nonostante la riluttanza del marito, e lo scarso interesse degli amici, lo aveva introdotto alle cene che si facevano da Alfio.

Così soprannominato per l'origine di suo padre, aveva praticamente il monopolio delle compravendite dei dammusi e ciò gli consentiva di frequentare la maggioranza dei turisti interessati all'acquisto.

Ma le chiacchere sui due giravano ormai dall'anno precedente.

Fefè non aveva le prove, ma il suo stato di disagio, per la presenza dell'Albanese, diveniva così forte da rendere ancora più nevrotico quel suo vizio di muovere continuamente le mani.

Tutti "poggiavano" gli occhi sul corpo di Lella e, proprio la mattina precedente, anche gli sguardi passionali di Sasà lo avevano ferito.

Sasà

A Khamma, si trovava la casa di Sasà, un vecchio dammuso che con il tempo era stato inglobato in appendici, via via adibite alle attività di trasformazione dello zibibbo.

Ed in effetti il passito di Sasà era l'unico in grado di chiamarsi tale!

La coltivazione dello zibibbo era così diffusa sul territorio che non esisteva casa che non avesse intorno un impianto di uva pregiata, anch'essa trasformata nell'aspetto per rimanere bassa, quasi strisciante, sulla terra vulcanica.

Capelli al vento li aveva sempre avuti, anche se ora non erano più folti, come un tempo.

Un personaggio: importante viticoltore conosciuto in tutta Europa abitava la vecchia casa al centro della sua proprietà, insieme alla moglie Tina.

Una volta agile isolana dai tratti scuri ed ora sposa nera, negli abiti, nel volto, impacciata, nei movimenti, per il peso accumulato nel tempo.

Il pranzo fu servito nella vecchia cucina, forse il locale più ampio della casa; in fondo alla stanza un vecchio camino, se pur spento, emanava le fragranze dei fuochi invernali.

A Khamma, la contrada nota per la sorgente marina calda, si può ammirare lo splendido paesaggio marino dalle cale di tramontana o di levante.

Lì il mare è ancor più inaccessibile, ma vale la pena di raggiungerlo per tuffarsi nelle vasche scavate nella pietra per trattenere l'acqua calda proveniente dalle sorgenti sommerse.

A Gadir, nella parte orientale dell'isola, nonostante l'aria ancora fresca della primavera, Lella poteva godere del bagno caldo che le fumarole della zona consentivano di fare in ogni periodo dell'anno.

Lì, Sasà, aveva incontrato Lella.

L'aveva vista nuda nella cisterna dove andava a prendere i bagni di mare e di sole e, segretamente, l'aveva osservata per alcuni giorni.

Poi, invaghitosi perdutamente aveva cercato l'incontro, ma senza successo.

Ma il caso li fece incontrare proprio a casa sua: infatti Robert giunse a pranzo in compagnia dell'amico Fefè, accompagnato dalla moglie Lella.

Le ricette

Il pranzo, preparato dalla moglie di Sasà, fu perfetto.

I singoli piatti della cucina pantesca scaldarono gli amici: i ravioli amari, il pesto pantesco, il polipo, il çiaki çiuka e il cucurummà.

Tina potè finalmente uscire dal proprio isolamento: era sempre silenziosa e non si soffermava, in sala da pranzo, che pochi minuti dovendo curare la cottura del cibo che di volta in volta portava a tavola.

Fu sollecitata dai complimenti degli ospiti che chiedevano di volta in volta come i piatti fossero stati cucinati.

"Ma non è difficile, vedete, sono fatti con gli stessi ingredienti!"

Il pesto dantesco ovviamente era noto agli ospiti: la semplice salsa, che gli abitanti di Pantelleria utilizzano spessissimo soprattutto per preparare bruschettine, era stata utilizzata per condire la pasta.

Semplici gli ingredienti: pomodorini sbucciati e aglio fatti a pezzetti, uniti a capperi desalati, basilico, prezzemolo, origano secco (opzionale) ed una manciata di mandorle pelate, il tutto pestato a mano nel mortaio.

Ma una vera specialità erano i ravioli amari!

Robert, sapendo che sarebbero stati particolarmente apprezzati dalla moglie che lo aspettava nel loro cottage nello Yorkschire, invitò Tina ad una descrizione minuziosa.

"Non è difficile, fate conto di preparare i ravioli ma aggiungete al ripieno di ricotta la menta amalgamata con un uovo sbattuto.

Ai due primi era seguìto il purpu tuttu rinta, anch'esso cucinato con il pomodoro la cipolla e un ciuffetto di basilico e due contorni saporiti.

Poi il cucurummà, fatto con zucchine, "ma si può fare anche con i piselli o le patate" arrosolati con cipolla, pomodorini e basilico a cui venivano aggiunte le uova sgusciate e il çiaki çiuka, ovvero una caponata fatta con la melanzana viola, la zucchina, il peperone, le patate, i pomodori ed "ovviamente sempre un ciuffo di basilico!"

"Mi raccomando, solo a cottura quasi ultimata aggiustate di sale e peperoncino a vostro piacimento!"

La cena da Alfio

La sera stessa, Marco, amico fraterno, da anni, di Alfio, accompagnò Fefè, Lella e Robert da Alfio.

Lella aveva avvertito anche l'Albanese di raggiungerli alla solita cena luculliana sempre a base di pesce, stavolta ancora più ricca dovendosi festeggiare il sessantacinquesimo compleanno di Alfio.

Figura minuta, ma energica, Alfio, mostrava i segni del sole: un profondo solco sulla fronte segnato dal tempo, ma disegnato anche dal carattere dalle sue passioni, insomma dalla sua grande vivacità.

“Minchia mi daranno la pensione!”

Era nato povero e lo era stato per tanti anni finchè era espatriato, come tanti, in cerca di fortuna.

E l’aveva trovata, infatti, rientrando in Italia in età ormai matura, era ritornato alla sua terra comprando una delle più belle proprietà dell’Isola, ovviamente coltivata a zibibbo.

Poi le costruzioni: era amatissimo dagli isolani che si auguravano che anche i grandi appalti fossero vinti dalla sua impresa perchè solo lui avrebbe garantito lavoro ai concittadini.

Ricco e ormai considerato il più grande possidente, era al centro degli interessi dell’Isola e non potevano mancargli gli affari così come quello recente di rilevare alcuni pescherecci e colmare così l’altra sua passione: quella per il mare.

Tanta passione risultava anche in cucina dove Alfio personalmente cucinava, ovviamente, pesce appena pescato.

La serata si svolgeva con la solita allegria, dovuta principalmente ad Alfio ed al suo entusiasmo nel preparare la cena.

Passando da un fornello all’altro, riusciva a parlare con gli ospiti a cui però era proibito di avvicinarsi ai fornelli per rispettare la creatività del cuoco ed un poco di mistero nella preparazione del cibo.

Ma non erano solo queste le sue passioni: si, anche le “femmine” assaggiavano i suoi piatti!

Sembrava che avesse un piffero magico per attrarle tanto era simpatico ed energico, nonostante l’età.

Il pesce prelibato l’aveva preso da poche ore in porto, ma stavolta non dai suoi pescatori, bensì da un peschereccio di passaggio che nessuno conosceva: “Le Sante Marie”.

I suoi pescherecci sarebbero rientrati il giorno dopo per cui Alfio di buon grado si diresse dal Tunisino.

Era giunto inaspettato ed aveva un grande assortimento, ma, più che altro, una bella cassetta di gamberi e scampi, con cui avrebbe fatto la sua famosa zuppa.

Terminata la cena, tutti ritornarono alle loro case con l’impegno di ritrovarsi l’indomani alla stessa ora.

Il maresciallo

Continentale, abiti sempre stirati, scarpe sempre lucide nonostante le strade polverose dimostravano l’esigenza di una frenetica attività per spolverarle e lucidarle continuamente.

Insomma un “quaquaraqua!

Tutti così lo avevano sempre considerato, ed ora lui sapeva che lo avrebbero definitivamente snobbato se non fosse riuscito a risolvere il mistero.

Si sentiva un estraneo sull’Isola e così lo consideravano gli isolani.

Tra il maresciallo e l’isola c’era davvero il mare!

Una brutta gatta da pelare per i carabinieri della stazione di Pantelleria, per questo accettò di buon grado i suggerimenti di Robert che aveva uno spiccato senso investigativo!

Il luogo del delitto

Robert suggerì al Maresciallo di tornare nel luogo del delitto convinto di non poter ritrovare qualche indizio, ma per rivivere in quel luogo il mistero della morte.

L'edificio, costruito di rocce laviche, e quindi nero come la pece, anche di notte si confondeva nel buio e si vedevano, come sospese nel vuoto, solo i riquadri delle finestre, a calce, così dipinti per bloccare l'ingresso di formiche e gechi.

Robert si trattenne fuori mentre il Maresciallo rimetteva sottosopra tutta la casa.

Sapeva che non sarebbe servito a niente cercare all'interno.

Perciò giocherellava con il cannocchiale a raggi infrarossi, che gli aveva dato Marco, il quale, nonostante il buio, recependo il calore emanato da soggetti viventi, consentiva di scoprire ogni movimento.

Frugava nel buio a caccia di animali, ma con la mente sperava di trovare qualche segno, insomma era chiaramente in cerca di una prova.

Il buio esaltava il carattere misterioso ed ora sinistro della vecchia costruzione che scompariva nella notte.

Se è vero che la fortuna aiuta gli audaci, a dispetto del Maresciallo, senza fatica Robert individuò, dietro la casa, un oggetto scintillante: era un bottone!

L'avvelenamento

Tutti sembravano cercare il colpevole, ma per scoprire l'assassino si deve prima capire il movente!

Robert ricordava che l'espressione del volto, lo stato del corpo di Fefè, dimostravano gli spasmi del dolore dovuto all'avvelenamento.

Detto stato non era sfuggito anche all'occhio attento del maresciallo, che aveva ordinato immediatamente l'autopsia, per verificare l'effettiva causa della morte.

Aveva anche prelevato gli avanzi del cibo della cena precedente, a casa di Alfio, ed ovviamente il bicchiere rimasto sul tavolo e una bottiglia di zibibbo che era stata ritrovata aperta sul ripiano dell'acquaio in cucina.

“Ma perché Fefè era stato avvelenato? Il Maresciallo avviò il discorso con una domanda fatta anche a sé stesso.

Il mistero era fitto, per lui più di quella notte senza luna.

Un caso così difficile non era mai capitato, anzi al Maresciallo non era mai capitato un omicidio!

Aveva chiesto l'assistenza del nucleo operativo di Catania, ma questo tardava ad arrivare per le pessime condizioni del mare: d'altronde la fretta al sud è spesso assente!

Quando e come era stato avvelenato Fefè?

Passarono altri giorni finchè da Catania arrivò il responso: Alfio era stato avvelenato da un antiparassitario trovato nel bicchiere di acqua e nella bottiglia di zibibbo.

Lo zibibbo

A Sasà si deve la valorizzazione recente del Passito di Pantelleria che ha conosciuto gloria e periodi più oscuri, momenti di fama e di forte critica, questo perché l'isola è piccola e la vera produzione avendo costi notevoli non può essere venduta a basso prezzo.

Sasà aveva portato due bottiglie dello zibibbo secco, una vera rarità, che allungato con acqua e con l'aggiunta di due foglie di menta ne faceva un semplice aperitivo travolgente nei profumi.

Sotto il porticato gli amici si erano riuniti ignari di quanto avrebbero appreso tra poco.

Gustavano silenziosi il fresco aperitivo assaggiando piccoli crostini piccanti, ovviamente guarniti con capperi sottaceto.

Era presente anche l'Albanese che era stato invitato con la scusa di vedere le mappe del dammuso che Lella aveva individuato da alcuni giorni.

Tutti lo conoscevano e normalmente lo salutavano come oltretutto succede nei paesi dove ci si conosce tutti, ma nessuno quella sera lo degnava di uno sguardo.

Altrettanto in disparte l'altro invitato: il Maresciallo.

Il cielo stellato

Il sole era ormai giunto al tramonto facendo capolino dietro uno spesso manto di nuvole, giusto per passare in quel piccolo e chiaro strato di cielo prima di tuffarsi nell'azzurro, ormai scuro, del mare.

La fronte corrugata di Alfio sintetizzava l'atmosfera del momento!

La notte arrivò buia, come sempre, quando la luna ha finito la sua ascesa e deve ricominciare a crescere.

Forse per questo il cielo mostrava tutte le sue luci, segni di misteri lontani.

Non c'era bisogno di aspettare la notte di San Lorenzo per osservare le stelle tanto sembrano forti le luci nel cielo scuro dell'Isola.

Eppure è vero, solo il 10 di agosto ci si ricorda che l'altra metà della terra è il cielo e che il nostro sguardo può arrivare lontano!

Il mistero è risolto

Il dammuso che Lella aveva scelto era sicuramente degno del fascino dell'Isola, anch'esso dotato di cisterna per l'irrigazione del giardino arabo.

Fu proprio sulla cisterna che Robert chiese spiegazioni: quanta acqua poteva contenere, se era pericoloso berla, ecc.

Robert, sembrava ora avere gli occhi del coniglio selvatico che aveva scovato quella sera con il cannocchiale.

Chiese l'attenzione di tutti.

Fefè era stato ucciso dal veleno trovato nel bicchiere e nella bottiglia di Zibibbo.

"Ricordate, ciascuno di noi ne ha avuta una in regalo al termine del pranzo a casa di Sasà!

"Sasà" proferì, quasi a mezza voce il Maresciallo!

La parola gli era scappata di bocca preso dall'emozione del momento, ma così come la proferiva così sentiva che non poteva essere vero.

Eppure guardandolo fisso negli occhi denunciò a tutti che Sasà si era perdutamente innamorato di Lella.

Il maresciallo aveva, infatti, rinvenuto a casa, nascosti nella biancheria di Lella, alcuni biglietti dove Sasà si dichiarava "disposto a tutto" pur di averla come compagna della sua vita!

Sasà, sbiancato in volto cominciò a tremare come un animale in trappola.

Fu Robert ad alleviare la paura che l'aveva preso: "non può essere Lui il misterioso assassino, non basta un ipotetico movente, occorre anche la prova".

Certo non era possibile, come era stato supposto all'inizio, che Fefè fosse stato avvelenato dall'acqua della cisterna avvelenata dai pesticidi, come faceva supporre l'analisi dell'acqua rimasta nel bicchiere rinvenuto sul tavolo della cucina, accanto al cadavere.

Eppoi, i visitatori usuali dell'Isola sapevano che l'acqua della cisterna doveva servire solo per lavarsi o per innaffiare l'orto, per cui un eventuale uso improprio avrebbe prodotto solo qualche disturbo intestinale.

La cisterna era piena d'acqua e non era certo possibile avvelenarla tutta!

Eppure Fefè aveva bevuto quell'acqua, e ciò aveva fatto pensare che fosse morto avvelenato, ma aveva evidentemente bevuto anche lo zibibbo non solo a casa da Alfio, ma anche dalla bottiglia di Fefè.

Quale mano avrebbe potuto mettere il veleno nella bottiglia?

L'Albanese rimaneva in disparte non volendo mostrare interesse al racconto di Robert.

"Ecco la prova che non è stato Sasà!"

Alzandosi in piedi Robert si frugò in tasca e mostrò un bottone scintillante.

L'Albanese, dopo una prima esitazione, come di alzarsi, rimase impietrito, gli occhi sbarrati, lo sguardo fisso, come di sfida, su Robert.

Ora mostrava la stessa paura del coniglio braccato nella notte, dal cannocchiale di Robert, il quale impotente non capiva come sfuggire al gigante che lo osservava.

Tutti silenziosi scrutavano, ora, gli occhi dell'Albanese che come suo solito era giunto vestito con una delle sue camicie sgargianti, chiusa da bottoni scintillanti uguali a quello ritrovato dietro il dammuso di Fefè.

Robert si avvicino all'Albanese, disciolse i polsini arrotolati e mostrò a tutti che, da uno, mancava un bottone!

ASSASSINIO ALL'ISOLA DI SANTO JANNI

PERSONAGGI

Robert: l'ultimo amico di Maratea
Lilly: moglie di Robert
Pierre: il medico legale
Gabry: moglie di Piero
Ettore: il professore
Elena: la compagna di Ettore
Polluce: fratello di Ettore
Silvy, Leo, Doma: i bolognesi
Umbertino: il barista
Zio Pop: amico di Elena
Antinamo: il Carabiniere
Achilluccio: il pescatore

Da Umbertino

"Ve na ve s' ai!"

Così, sfottendo, Robert salutò l'amico Umbertino entrando nel bar dove aveva passato forse la stragrande parte del suo tempo a Maratea, ovviamente levando quello utilizzato per andare a vedere case in vendita!

"Adesso, con Voi, siamo proprio al completo!" risposte il barista.

Poi un abbraccio come al solito anche se non si vedevano da due anni.

"Come vanno le cose?"

"Tutto uguale, compresi i pasticci che sappiamo inventare d'inverno!"

In effetti sembrava che, passata l'estate, i Marateoti si sfogassero in tutti i modi: da intrigati fatti di cuore ai suicidi più impensati!

Gli Amici di Maratea

Robert non era più tornato a Maratea nonostante le insistenze degli "Amici di Maratea".

Era stato l'ideatore ed uno dei fondatori in un momento dorato per la località turistica che raccoglieva molte persone desiderose di ritrovare le atmosfere dei Rivetti!

Lo spirito dell'Associazione doveva essere, invece, quello di tutelare l'ambiente con i suoi dei panorami marini, sostenendo la frequentazione, nelle belle abitazioni della costa e della valle, delle élite colte che si ritrovavano in villeggiatura.

Tale impegno ideale pervadeva ancora gli animi dei vecchi amici di Robert che però voleva introdurre anche i Marateoti in questa iniziativa per rafforzarla (era difficile per infatti per i turisti farla vivere d'inverno) e quindi orientarne le finalità a fini solidaristici.

La terra, incastonata nel cuore del Mediterraneo, con i paesi, sentinelle arroccate in alto per avvistare il territorio, per difendersi dai Saraceni.

Stavolta Robert era riuscito a ricostruire la vecchia compagnia.

Ettore stava sopraggiungendo ed Elena, di ritorno da un lungo viaggio nei paesi dell'est europa che non aveva potuto interrompere, solo ora, ormai passato ferragosto, era riuscita a garantire la Sua presenza.

Il ritorno di Ettore

Nessuno possedeva il suo forte interesse per la vita anche se, ai momenti di allegria e di gioia condivisi con gli amici, si alternavano cupi silenzi.

Con tanto entusiasmo esaltava le persone eccezionali che aveva modo di incontrare riuscendo sempre a far emergere il loro lato migliore.

Era luminosissimo e notturno; superficiale e profondo, ma con le donne era volutamente ingenuo e perciò incline a fare errori che non riusciva proprio ad intravedere.

Oggi lo aspettavamo insieme al suo ultimo amore: Elena.

I ricordi di Lilly

Dai mercati del Porcellino e di Santa Croce dei primi tempi, i cappelli Bing e poi Marzi avevano raggiunto Ischia e la Costiera amalfitana ed ora anche Maratea.

Con quel piccolo cappellino a cloche, che le esaltava il profilo, avanzava tra le bancherelle del mercato settimanale.

Avrebbe comprato almeno uno dei cesti fatti a mano da un vecchio di un paese dell'interno, ma poi come era solita, ne fece a meno.

A vent'anni, Lilly mostrava la bellezza delle rotondità delle donne del sud mescolata ad una rara eleganza dei modi.

Oggi manteneva un corpo ancora snello, avvolto da un leggero tubino colorato, con un profondo scollo quadrato!

Soffriva terribilmente il caldo fino allo svenimento a cui seguiva ovviamente un profondo freddo!

Giunti in stazione, gli occhi vivi guardavano incuriositi il cartellone degli orari.

Ricordava a Robert i lunghi viaggi che avevano fatto, instancabili, pur di vedersi nel fine settimana e qui a Maratea la specialità dei rapporti che avevano legato un gruppo di veri amici.

Ora, grazie al "motore" Robert, il piacere di rivedersi, nella terra dei loro ricordi migliori.

La stazione di Maratea

Guardo gli orari degli arrivi e capisco a che punto è ancora l'Unità d'Italia!

Treno espresso da Reggio Calabria, con il quale deve sopraggiungere Ettore, 180 minuti di ritardo!

Frecciarossa da Roma, con il quale deve arrivare Elena, 70!

Il Sud, è sempre così distante!

E' presto per ambedue gli arrivi e comincio a gironzolare.

La sala d'aspetto manca per cui decido di allungarmi su una vecchia panchina arrugginita tra i binari.

Manca anche il bar, insomma qui è negato il diritto ad un sorso d'acqua, alla lettura e, tantomeno, alla certezza degli arrivi e delle partenze.

Il tempo è compresso in un gerundio telefonico: il treno sta arrivando!

Finalmente la voce dall'altoparlante con tono metallico comunica che "l'espresso da Reggio Calabria delle ore 18 è in arrivo al binario 1".

Dal treno, aperte le porte, scendono solo un controllore ed un marocchino carico di due grosse valige.

"Che abbia sbagliato orario?"

Ancora una coppia di inglesi con due figli piccoli.

Fischia il capotreno, la motrice sta per partire che ecco trafelato scende Ettore.

"Mi sono addormentato!"

"Elena arriverà in macchina, anche per essere più liberi di muoverci".

La "Città" di Maratea

Salirono in paese, al tramonto.

Sembrava compatto dentro la montagna che in parte lo proteggeva ancora dagli assalti marini, infatti solo in parte poteva vedere il mare!

I forti contrasti dei colori accecati dalla luce rendevano il luogo paradisiaco e quindi particolarmente accogliente, così da essere soprannominata la perla del Tirreno.

Proprio in questi giorni apprendiamo che il presidente della Repubblica Francesco Cossiga già in pericolo di vita, è deceduto.

La notizia turba molto i paesani che ancora ricordano quando il Presidente nel 1990 aveva insignito il comune di Maratea con il titolo onorifico di Città.

Prima di entrare in paese Robert volle salire ancora verso la statua del Redentore, per gustare dall'alto, e senza intralci, la meravigliosa costa variegata di insenature e grotte marine e terrestri, delle quali alcune hanno restituito fossili e reperti preistorici, scogli e secche e davanti l'isolotto di Santo Janni.

Le antiche dimore nobili

L'invito di Pierre era giunto, prontamente, alla notizia che il vecchio gruppo stava riunendosi.

Salendo per le ripide scale del centro storico ci sembrava di percorrere luoghi misteriosi e lontani seppur da noi ben conosciuti.

Il paese è uno scrigno da schiudere, pronto a mostrare meraviglie, come faceva ora mostrando le antiche dimore segno delle ricchezze passate.

Allora le terre erano alle dipendenze dirette della Corona, per cui Maratea aveva fruito di numerosi privilegi tra cui l'esenzione da dogane e dazi in ogni parte del regno per i suoi marinai e per i loro commerci.

Anche la casa di Pierre, dietro antiche mura di pietra e un antico portale di granito, era dotata di un giardino protetto, luogo di delizie e, come sempre, dai bolognesi, di ameni e dotti conversari.

La cena di Chiaromonte

Nessuna cosa non era di Chiaromonte.

La cena iniziò con la famosa soppressata, poco grasso, e pepe per profumare la carne di prosciutto.

Un miscuglio squisito che mi fece ricordare il regalo che abitualmente ricevevo a Natale da una carissima amica potentina.

Pizza rustica con ripieno di zucchine, peperoni imbottiti, purè di fave e cicoria.

Ricotta da guarnire con la nerissima marmellata di sambuco.

Quante macchie quando da piccoli giocavamo con i piccoli frutti colorati di un rosso intenso! Infatti lo chiamavamo inchiostro!

"Ho cercato di piantarne uno in giardino ma non è attecchito!" Ricordava Lilly seriamente interessata a ripetere l'esperimento.

Le ricette della bisnonna

Gabry ricordava di aver avuto il privilegio, di essere invitata a cena da amici dove una bisnonna preparava le orecchiette per la cena.

Lo faceva con un movimento sincrono di mano e coltello rapidissimo e inimitabile.

"Non sono mai andata a ristorante", affermava la vecchia e d'altronde " A casa mia si mangia meglio!"

E così cucinando quella sera per gli ospiti raccontava a tutti le vere ricette che venivano tramandate, quindi, non scritte, secondo l'antica tradizione familiare.

Ciò rivestiva anche un forte carattere ludico.

Altro che corsi di cucina e libri; queste ricette raccontate e vestite dagli antichi abiti lucani della vecchia, rappresentavano un colto corso culinario.

Dal racconto scoprivamo che la cucina tipica di Maratea è un misto di sapori di frutti della terra e del mare.

Basate come sempre su tradizioni contadine, che legavano un determinato piatto a un certo periodo dell'anno o a una occasione particolare.

Ad esempio: Lagàne e ciciri (lagàne e ceci): Le lagàne sono un particolare impasto di farina, olio, sale e uova, tagliato in strisce larghe due dita.

Vengono unite ai ceci bolliti aggiungendo un soffritto di pancetta con aglio, pomodoro e prezzemolo.

Questo piatto veniva tradizionalmente consumato il mercoledì delle Ceneri.

Alici a' scapice (alici alla scapece): alici fritte e marinate con olio, aglio, origano e pepe e menta fresca.

Questo piatto veniva tradizionalmente consumato durante le festività di San Biagio.

Elena

Di li a poco arrivò anche Elena.

Con un gesto fermo e preciso raccolse i capelli in un fermaglio.

I lineamenti regolari, la carnagione scura e abbronzantissima.

Naso diritto e lungo in un ovale proporzionalo, gli occhi grandi e verdi in uno sguardo ambiguo e malizioso.

Una volta alle cinquantenni si chiedeva una sola cosa: rendersi invisibili.

Oggi si chiede loro di dimostrare almeno venti anni di meno e così faceva Elena se pur con discrezione.

Non voleva ricordare mai la sua data di nascita ed infatti era solita affermare: "Alle donne non è permesso invecchiare!"

Zio Pop

Ancora una serata tra amici, un abbraccio sodale di spensierata vacanza accomunava i sentimenti di vecchie e nuove amicizie.

Pop non faceva parte del vecchio gruppo di amici, ma incontrando Pierre aveva fatto in modo da farsi invitare al dopo cena.

Una risata, apparentemente frivola aveva il dono di rilassarci un po' facendoci dimenticare l'accaduto.

Zio Pop era sopravvenuto stranamente a Maratea, ma aveva dato a tutti una valida motivazione.

"Devo ripetere tutto il percorso seguìto dai protagonisti del film "Maratea coast tu coast"

Il film aveva davvero emozionato l'Italia, il successo era stato tale da indurre alcuni a voler ritrovare l'espressione dei luoghi, con l'Aglianico compagno di strada!

Aveva una sessantina di anni, era stato un bell'uomo, ma ora era evidentemente appesantito dove solitamente gli uomini si arrotondano: giro collo e giro vita!

Ettore ricordava che era considerato un tombeur de femmes, insomma le sue avventure si susseguivano, forse per quel suo modo particolarmente gioviale di relazionarsi.

Quella sera era ancor più radioso per la felicità di mostrare le sue composizioni pop costruite con materiale di risulta.

Opere fuori commercio eppur diventate un mito sia per la speciale creatività sia forse, per la preziosità dovuta a non volerle vendere se non a prezzo elevato ed in presenza di una copia personale.

Così la sua fama cresceva, rispondendo alla più subdola e scontata legge di seduzione.

Tutti profusero conferme di ammirazione.

Assorto era lo sguardo di Elena che sembrava non interessarsi alla presentazione.

Il suo sguardo lontano e, come ormai la conoscevamo, dimostrava di trovarsi in una situazione di profondo disagio.

L'isola di Santo Janni

L'indomani, di prima mattina, dovevamo fare una gita all'Isola di Santo Janni,

Il mare sarebbe stato, come al solito, una tavola.

L'isola di Santo Janni è un piccolo isolotto situato nel golfo di Policastro, posto quasi al centro della costa di Maratea.

Deve il suo nome a una antica capella dedicata a San Giovanni, che si trovava presso il suo sperone roccioso più alto, appena 18 metri sul livello del mare!

L'isola è lunga solo 200 metri e nel punto di massima larghezza raggiunge gli 80 metri.

Accanto la più piccola isola, detta La Metrella, con altri piccoli scogli.

Nei fondali adiacenti erano state ritrovate centinaia di ancore di navi romane e sugli speroni rocciosi anche numerose vasche destinate alla produzione del garum.

Ma la storia dell'isola è soprattutto legata alla tradizione popolare riguardante la traslazione a Maratea delle sacre reliquie di San Biagio.

Fu proprio qui che, nel 732, l'equipaggio della nave trasportante le reliquie del santo, diretta verso Roma, le consegnò agli abitanti di Maratea.

Sull'isolotto vive, confinata sui suoi anfratti rocciosi, un curioso fenomeno zoologico, il cosiddetto Drago di Santo Janni, una lucertola bruno-azzurra, sottoposta a specifiche tutele.

Tutto questo stuzzicava la curiosità dei visitatori!

"Io rimango qui". Lilly rinunziava volentieri a quella gita che si preannunziava stancante e troppo assolata.

All'"ultimo nessuno volle unirsi ad Ettore e Elena, cosi furono solo loro due a dirigersi verso il porto.

Lì, Achilluccio, il pescatore, li avrebbe accompagnati col S. Andrea, il piccolo peschereccio, con cui aveva ripreso l'antica professione.

Da solo, in un vero rapporto col mare, segno di libertà del suo spirito.

I discendenti di Ottilia

Più tardi contrariamente alle sue abitudini, con il sole già alto, Lilly, coperta da un leggero camicione bianco, lo sguardo riparato dietro le lenti scure degli occhiali, si era diretta da sola verso il porto.

Passò davanti alla sua vecchia casa accanto alla chiesa, dove il vecchio prete, Zi Monaco pescatore, aveva saputo insegnargli quando era sera!

Voleva rivedere il luogo dove era nata la sua amatissima gatta Ottilia.

Nella vecchia casa alcune piccole nipoti dovevano fare i conti con i cani bastardi, comunque compagni di avventure.

Magre, come di rito, erano già diventate cacciatrici di lucertole, mentre nonna Ottilia si era completamente dimenticata della caccia vivendo gli ozi della casa.

Lilly cominciò a parlare con i piccoli gatti come faceva normalmente con la nonna e non si stancava mai di sottolineare la misteriosa intelligenza del gatto capace di reagire alla minima sfumatura del linguaggio.

Purtroppo la sorella di Ottilia era scomparsa.

Il rientro di Achilluccio

Mentre si dilungava scorse la barca di Achilluccio che rientrava.

"Come mai così presto?"

Elena procedeva sul molo davanti ad Ettore con fare sprezzante.

In effetti anche a Robert, attento osservatore, sembrava mostrare un disagio sottile che la faceva esitare nelle risposte.

"Voglio riposarmi un po', salgo in camera un paio d'ore poi scenderò a fare un bagno al tramonto sulla spiaggia", affermò Elena salutando Ettore appena giunti all'hotel.

L'incontro con gli amici fu rimandato dunque al tramonto!

L'incontro segreto

Elena riscese segretamente ed uscì dal retro dell'hotel.

Potè dirigersi così speditamente, e inosservata dal portiere, verso la sua piccola auto con la quale si diresse in paese.

La chiesa Madre si trovava alla fine di una stradina che salendo sul monte dava la possibilità di godere dello spettacolo immenso del mare accecante per lo scintillio del riflesso del sole.

L'uomo aspettava nella penombra appena tagliata da lingue di luce che sgusciavano dalle strette finestre nella parte alta delle mura laterali.

Nella penombra risaltava il blu acceso delle ceramiche di Vietri con le quali era coperto il pavimento dell'antica chiesa.

"Amore Ti avevo detto di aspettare! Perché tanta fretta?"

"Ci hanno scoperti", rispose zio Pop, "sono stato chiamato per un interrogatorio dal magistrato e non so cosa dire!".

"Mi hai rovinato, come farò a tornare all'Università?"

Dopo un acceso confabulare uscirono insieme.

Di fronte, il piccolo bar dove l' uomo pretese di fermarsi ancora a parlare.

"Tanto qui non c'è nessuno e nessuno ci conosce".

Voleva stabilire come comportarsi ai prossimi interrogatori.

Elena non volle contraddirlo e si fermarono a bere.

La spiaggia del Gabbiano

Lilly, tornò in hotel.

Lieta come sempre di varcare la soglia della dimora sita sulla spiaggia più bella, che sapeva accoglierli come sempre, facendoli sentire come a casa!

Chiese di Elena ed il portiere rispose sicuro: "Non è uscita, la chiave non è qui".

Ettore, Leo, Silvy, la Doma, aspettavano in spiaggia.

Il sole era ancora alto.

Lilly si diresse in spiaggia con la figlia.

Avevano il guardaroba intercambiabile e mentre si allontanavano Robert notava che ciò rischiava di negare l'inevitabile diversità dell'età.

In effetti oggi rispetto ad un tempo, madre e figlia sembrano amiche, complici, quasi sorelle.

Scambiano vestiti e libri, guardano insieme le serie televisive.

Ma talvolta ciò è solo apparenza quando una rappresenta il modello per l'altra.

Robert si rese conto che "CHI" aveva influenzato le sue meditazioni!

Così tutti si diressero intenzionati a tuffarsi subito nel bellissimo "lago" blu in attesa di sera.

Il ritrovamento

Era tardi ed Elena non era ancora scesa.

Nessuno rispondeva e la chiave non era dal portiere.

Ettore si fece dare il doppione e risalì al terzo piano.

Nella stanza la luce proveniva intensa seppur filtrata dalla tenda verde per cui nella penombra Ettore fece un po' di fatica per mettere a fuoco, accecato, come era, dalla luce del sole ancora alto.

La donna giaceva abbandonata sul letto, coperta dal lenzuolo, forse per ripararsi dall'aria condizionata che rendeva gelida la stanza!

Tutto sembrò all'improvviso normale.

"Elena, Elena" sussurrò Ettore salendo di tono.

Ma nessuna risposta, allora si sdraiò sul letto accanto a lei e l'abbraccio per baciarla.

Il corpo era freddo perché Elena era morta!

Il medico legale

"Al terzo piano!"

Il portiere prontamente diresse i poliziotti verso l'ascensore.

La camera 304, una delle più belle sull'angolo dell'hotel aveva due bellissime finestre che si affacciavano sulle due spiagge.

I rilievi consistettero nel fotografare la stanza ed il cadavere da diverse angolazioni, di modo che dopo sarebbe stato possibile rimuovere eventuali reperti da conservare per indagini future.

Ettore chiese di essere presente per osservare nuovamente la scena del delitto.

Il medico legale eseguiva l'ispezione.

Nessuna goccia di sangue, nessun colpo in testa!

A prima vista niente se non quel terrore sul volto, la bocca aperta come se le mancasse il respiro.

"Sarà morta da non più di quattro ore."

A terra, vicino al letto un bicchiere di acqua ed una bottiglia riversa.

L'assassinio passionale

Dopo una giornata trascorsa nella locale sede dei carabinieri, sottoposto agli interrogatori del procuratore, Ettore si era perso in frammentarie spiegazioni.

Nella borsetta della donna era stato ritrovato un biglietto ricevuto da uno sconosciuto amore, che accompagnava il regalo per il suo recente compleanno.

La calligrafia non era di Ettore.

Messo alle strette Ettore commosso dall'accaduto cominciò a balbettare.

La polizia era convinta di poter disporre l'arresto del compagno della vittima con un'accusa pesantissima, omicidio passionale, aspetto che lasciava aperta anche l'ipotesi della premeditazione.

Ettore sapeva che stava per perderla per sempre?

Perché Elena aveva un'altra vita, subdolamente condotta?

Gli amici interrogati non sapevano di altre relazioni.

In effetti, dopo quell'interrogatorio se pur contradditorio, il mistero della morte della Signora del nord poteva essere considerato ormai risolto.

D'altronde Ettore poteva essere salito in camera con Elena.

Secondo i carabinieri, insomma, Ettore avrebbe ucciso la compagna e poi ne avrebbe inscenato il ritrovamento.

Domani l'autopsia sul corpo, avrebbe chiarito la reale causa ed il momento esatto della morte.

L'interrogatorio

Nella piazza del paese, la movida estiva.

Davanti alla locale sezione dei carabinieri, si erano radunate decine di persone scosse dall'accaduto che, assenti guardavano nel vuoto.

Tutti in attesa di notizie che potessero anche rassicurarli che tra di loro, in paese, non c'era un assassino.

Di fronte, in alto, quasi a precipizio sul paese la colossale statua del Cristo Redentore, regalata da Stafano Rivetti nel 1965 alla popolazione di Maratea, si ergeva illuminata di un verdino spettrale.

Difficile dire l'emozione per l' accaduto perché Maratea, e tantomeno l'isola di Santo Janni, non erano mai assunte allo stupore della cronaca nera.

"Il mio ruolo è di scoprire l'assassino, il vostro in questa circostanza è favorire il mio operato, non Vi credo!"

"C'è sempre una passione dietro un delitto!", continuava il Commissario, "Ed anche qui è evidente!"

Ettore fu trattenuto dai carabinieri che continuavano ad interrogarlo come fosse il colpevole.

Il brigadiere conosceva bene il Commissario e sapeva anche che, in assenza di elementi, l'unico con cui si sarebbe sfogato sarebbe stato purtroppo il compagno della donna assassinata.

Si preannunziava il fermo di Ettore e comunque giorni faticosi per attendere le notizie richieste ad altri commissariati.

Polluce

"Ma come è successo"

"Non c'è movente" rispondeva Lilly alle insistenti domande del fratello di Ettore che era rimasto scosso per l'accaduto ed era subito accorso in aiuto.

Tutti erano impauriti al pensiero che un assassino avesse potuto entrare nella stanza dell'hotel senza lasciarne segno.

Poi con Robert si persero in progetti faraonici persi nelle città europee dimenticando completamente l'accaduto.

Si diressero quindi, sfrecciando su una vecchia porche 911, da poco acquistata da Polluce, verso l'hotel dove erano attesi da tutti.

La tetradotossina

I tecnici della scientifica restarono per ore nella camera alla ricerca di tracce del delitto.

Ma la risposta la dette il laboratorio di analisi: avvelenamento da tetradotossina, una potentissima sostanza ottenuta dai pesci palla essiccati che induce la completa paralisi dei muscoli.

Da questo stato, che prima è di morte apparente, si può uscire solo se non passa molto tempo, altrimenti il malcapitato muore per asfissia.

È la scienza della "zombificazione", una delle tante magie che la cultura caraibica deve al mare.

Ora Ettore tirò un sospiro di sollievo.

Quella era la prova della sua innocenza.

Bastava per consigliare al Commissario come avvicendare una realtà che non era riuscito fino ad allora a prevedere.

Ettore ricordò al Commissario che insieme all'Università di Bologna avevano avviato da tempo uno studio congiunto sui veleni biologici e che un Collega si era particolarmente dedicato alle sostanze di origine animale: Zio Pop!

L'enigma

Restava comunque da chiarire quale fosse il movente.

Gli amici si riunirono per comporre insieme i tasselli di un enigma che era sembrato irrisolvibile.

Nessuno aveva voluto credere che Ettore fosse l'uomo accecato dalla gelosia che per non perdere la propria donna le toglie tutto, anche la vita.

La polizia, in effetti, aveva trovato sul cellulare varie telefonate dirette ad un collega dell'Università di Bologna.

Dal primo momento, alla polizia ed agli amici sembrò strano che Elena fosse stata assassinata senza un motivo.

Ricercatrice impegnata, era descritta da tutti come una donna senza segreti.

Ma nell'auto di Elena alcune lettere rivolte ad una industria farmaceutica rivelavano un importante scambio di informazioni provenienti da un altra industria di cui Elena era consulente da tempo.

Robert: che fare?

Erano passate da poco le dieci di sera.

Il campano della Chiesa Madre segnava i rintocchi e così ogni quarto d'ora

Il giorno dopo avrebbe dovuto incontrare nuovamente il Commissario per sapere se avevano esteso le indagini alla ricerca dello studioso.

Era agitato: si mise a sedere, e poi nuovamente in piedi.

I rumori del paese salivano su dalla conca e raggiungevano la terrazza fresca nella sera.

I fuochi d'artificio a Curzo festeggiavano S. Rocco.

Giorni addietro i bellissimi fuochi all'hotel Gabbiano di Acqua Fredda per noi tutti offerti dalla signora Rosa: cose mai viste!

Il caso è chiuso

Ormai attraversando la piazza, chiunque entrasse nel locale Commissariato dava l'impressione di essere considerato colpevole.

Tutti guardavano l'ingresso del comando, con sguardo interrogante.

Il Commissario aprì un piccolo cassetto della scrivania e ne ritrasse un biglietto: "Questo parla chiaro!"

Intanto sopraggiungeva prima di mezzanotte la telefonata di Umbertino!

"Non ne posso più, è da stamani che ce l'ho tra i piedi! Venite a levarmelo di torno! E' ubriaco fradicio, si lamenta e piange per la morte della sua amata!"

E riattaccando: "Ve na ve s' a'ì!"

Zio Pop aveva saputo di Ettore ed aveva perso anche la sua reputazione.

Tanto era bastato per indurlo ad uccidere chi lo aveva doppiamente illuso!

La Secca di Castrocucco

La strada scendeva lieve sotto gli alberi, nella penombra chiazze di luce.

Un canneto fiorito scendeva alla Secca.

Poi, un piccolo rondò per mangiare insieme.

Non ci eravamo dati appuntamento, ma tutti eravamo lì.

"Se guardo lontano vedo tutto nitido, ma oggi?"

Una folata di vento dette sollievo.

Le parole erano venute spontanee, alle labbra di Lilly come dall'angolo più remoto della sua anima, come da un pozzo chiuso su cose che non sarebbero tornate.

Robert li osservò con un'espressione strana, impossibile dire, ora, cosa stesse pensando.

Amavamo tutti le belle giornate, quando il sole è a picco nel cielo senza nuvole e i colori vibrano di felicità.

Ci sentivamo ancora giovani, il cuore leggero, la fantasia ardente, lo spirito elastico e soprattutto un nuovo robusto appetito da sfogare nelle profumate bruschette.

Così anche i colori del tramonto infuocato riportarono il colore e il contagio della gioia.

La torre apprezzami l'asino

Al tramonto, tornando al Gabbiano, ci fermammo al vecchio belvedere di Cersuta.

Il costone di roccia deve il suo nome ad un episodio della tradizione popolare, che racconta di quando, nell'unica e strettissima strada che passa sotto la Torre, due contadini si incrociarono con i loro asini nel punto dove non c'era lo spazio materiale per far passare tutti e due gli animali.

Non restò altro che "apprezzare" quale animale avesse minor valore e, per fare strada libera all'altro, precipitarlo in mare!

Ricordando il detto popolare si tennero stretti sulla destra nella curva dove, come da una tolda della nave si abbracciava tutta la costa, dall'Isola Dino in Calabria, al golfo di Policastro, in Campania.

Partire era difficile c'era ancora il rischio di rimanere fermi in un megaingorgo a Lagonegro!

ASSASSINIO ALL'ISOLA DI CAVALLO

PERSONAGGI

Robert: il solito curioso
Ario: il carabiniere amico di Robert
Mario: il proprietario della trattoria
Tullio: amico di Robert
Nelly: la compagna di Tullio
Walter: il maresciallo dei Carabinieri
Alessandro: il comandante
Leslie: l'amante di Alessandro
Roberto, Giovanna: gli amici

Vecchi ricordi

Il viaggio da Firenze era sembrato eterno.

Eppure basta poco più di un'ora per raggiungere Viareggio, ma a Robert non piaceva guidare così.

Anche un breve tragitto acquisiva i connotati di un lungo viaggio.

Passato Montecatini il pensiero tornò alla sua Viareggio ed ai ricordi del passato.

Sul quotidiano del giorno un articolo sui vecchi patini riportava alla memoria gli anni '60 quando tutti i bagni ne avevano più di uno in affitto.

Piero Focaccia suggeriva:

E come l'anno scorso
sul mare col pattìno
vedremo gli ombrelloni
lontano lontano
nessuno ci vedrà, vedrà, vedrà....

Uscivano in mare in quattro e, dopo qualche remata, ne salivano altri quattro!

Così, con gli scafi semiaffondati il patino serviva ormai come una piattaforma da cui tuffarsi.

Ma il tempo passava e non c'era verso di riportarlo puntuali al termine dell'ora pattuita!

Era dura pagarne solo una!

Adesso i ragazzi preferiscono farsi trainare da un motore o dal vento, e non sanno cosa perdono.

Quando eravamo più grandi cercavamo di allontanarci, magari con una ragazza straniera e una volta al largo le dicevamo: o ci stai, o torni a nuoto!

Ma era per scherzo!

"Posso tranquillamente affermare che anche questa storia è solo leggenda!".

Si sa, l'amore ha bisogno di un luogo magico, di una speciale atmosfera, insomma di uno sfondo indimenticabile.

Impossibile non amare la Versilia soprattutto per chi ci è creciuto a suon di giochi sulla sabbia con le biglie, i gelati, le focaccine e la vita che scorreva al ritmo lento della bicicletta.

Il ricordo di un piccolo paradiso racchiuso tra una romantica cornice tra monti e mare: amori veri, ma spesso solo immaginati!

La vecchia trattoria

"Quel branzino è per me!"

"Perché, vieni stasera?" Così Mario salutava, con un cenno della mano, Robert.

Come dire: "Ce ne hai messo per prenderti una vacanza!"

"Complimenti Mario, che bel pesce, e quanto! Gli affari vanno bene?"

Mario guardava ogni cassetta e con un cenno dava il suo assenso controllando il cartellino della pesa rilasciato al mercato, quando di buona mattina, si era recato a fare gli acquisti di giornata.

Crostacei tutti, dalle cicale alle aragoste reali, e poi orate, dentici, branzini, seppie e così via.

"Vieni con Tullio stasera?" Annuii e salutandolo mi diressi all'entrata del porto.

Una sigaretta in bocca, la voce roca.

Il porto di Viareggio

Passai da un posto di blocco dove fui ben scrutato e poi fatto passare.

Sull'angolo della Darsena riservata al cantiere Ben Craft, dovetti abbandonare l'auto perché l'accesso era transennato.

Mi avvicinai al maresciallo dei carabinieri, che reggeva la sezione viareggina, che ben conoscevo.

"Ciao Walter" .

"Robert qual buon vento?"

"Devo imbarcarmi".

"Per ora non si può passare, è stato trovato un *corpo morto*".

Se ne dicono tante dei carabinieri e tanto più del loro spirito! Ma questa del "corpo morto!"

"Certo non mancano in porto i *corpi morti!* Ma questo è ancora caldo?"

Il corpo morto

"E' stato trovato dei sommozzatori che si trovavano sul fondo per controllare la carena di uno yacht, ancorato lì vicino".

"E' un marinaio, era imbarcato su uno yacht privato di cui era il comandante".

"Quindi lo avete riconosciuto? E su quale yacht era imbarcato?"

"Sul Tee For Two"

“Ma è quello su cui mi devo imbarcare stasera!”

”Come è possibile? E’ stato ucciso?”

“I segni sono quelli di un annegato, era vestito con la sua divisa bianca. Strano, però, gli è stato trovato il cellulare in tasca!”

“Vai Robert, ci vedremo domani mattina al Club Nautico, non mi dispiace parlare del caso con te, come ai vecchi tempi”

Tullio sul Tee For Two

Tullio mi aspettava seduto al tavolo di poppa.

Era solo, forse Nelly stava preparandosi.

Nessun convenevole, solo un abbraccio.

Negli occhi la tristezza per l’accaduto, ma anche il rammarico di presentarsi all’incontro senza poter onorare la promessa di quel bellissimo viaggio, che avevamo da tempo programmato: le Eolie.

“Da quando conoscevi Alessandro? Ti sembrava che avesse problemi? Insomma, poteva avere motivi per suicidarsi?”

Cesare Pavese mangiò due piatti di tagliatelle e partecipò allegramente ad una cena di amici la sera prima del suicidio, senza mostrare la tragedia che lo aveva portato a definire un disegno nato da tempo: una ben altra storia.

Secondo Tullio, Alessandro non era il tipo da suicidio.

Anzi lo avevano sicuramente preoccupato le continue telefonate al cellulare a cui rispondeva sempre con fare brusco, allontanandosi da orecchi che evidentemente considerava indiscreti.

La sua cabina era già stata perquisita: niente di che, salvo pochi euro in contanti.

Un vero Negroni

Preparare un cocktail non è miscelare le varie bevande a occhio, cercando ogni volta di stupire chi sta innanzi al bancone.

Provate a chiedere a un barman esperto: vi dirà che è un vero e proprio rito che impone le sue regole.

È sicuramente curioso assistere al comportamento degli avventori dei locali che si addentrano nelle giungla dei cocktail.

Si possono addirittura definire alcune categorie.

Innanzitutto il gruppo degli "indecisi cronici": non sanno mai cosa ordinare e stano anche un quarto d'ora a studiare la lista, per poi chiedere al barman di scegliere al posto loro.

Ci sono poi gli esibizionisti: si considerano dei veri esperti e non perdono occasione per voler ordinare anche per gli amici.

Sono sempre aggiornati sui cocktail del momento, sanno naturalmente quali sono gli ingredienti più "in" e non mancano di abbandonarsi a dissertazioni sulle caratteristiche delle diverse bevande.

Con grande gioia annui all’offerta di un vecchio Negroni, ovvero l’Americano alla maniera del conte Negroni.

Sapevo che sarebbe stato confezionato secondo le vecchie regole ovvero un terzo di gin, un terzo di Vermouth Rosso ed un terzo di Bitter Campari: ghiaccio e la guarnizione di una mezza fetta d'arancia.

"Niente soda grazie Tullio!"

La cena: vizi e virtù della tavola

La sera arrivammo puntuali.

Tavoli vicini, gomito a gomito.

L'affabile sguardo di Mario sul volto accompagnato da un corpo ormai appesantito dall'età ed in modo particolare dal giro vita!

"Mica parlerete di lavoro? Avete sempre qualche affare tra le mani!"

"Non stavolta, Mario, non con Robert!"

Eppure alla Vecchia Trattoria, ristorante senza il mare, vista la sua collocazione in una via portuale, si dice si siano decisi molti affari e anche gli acquisti dei più importanti yacht viareggini.

"Mica si vive tanto bene senza un po' di male" proferì deciso il nostro ospite!

"Il sale...", quasi un gemito dalla tavola accanto.

"Sì, il sale... " mormorò il cameriere, come a presagire qualche problema.

Anche il sale era assunto all'attenzione della coscienza salutista!

"Da dove viene questo sale?"

"Dal mare, penso, da dove deve venire il sale?"

"Ma il migliore è quello dell'Himalaya!"

La conversazione scivolò ovviamente sul colesterolo che era così difficile da contenere!

"Certo più impegnativo che farsi salvare l'anima dai preti!"

Aveva ragione la saggezza di Oscar Wilde, sul fatto che le cose buone della vita sono o illegali o immorali o fanno ingrassare!

Ma che rischio aveva corso Alessandro?

Walter al Club Nautico

"Due cappuccini e due brioche".

Walter era arrivato puntualissimo al randez-vous.

Si misero ad un tavolo d'angolo e cominciarono a sorseggiare il cappuccino.

"Queste brioche sono veramente speciali". Walter annuì.

"Un uomo con due vite: padre e marito irreprensibile, buon marinaio e truffatore esperto!"

Le ricerche al casellario giudiziario avevano, infatti, smascherato le gentili maniere di Alessandro che risultava personaggio di spicco tra quelli che erano comparsi all'attenzione della stampa all'inizio dell'estate.

Tra i vari gossip di attrici e veline anche la truffa degli yacht plurivenduti e mai pagati.

Dalle indagini bancarie era emerso che aveva fatto un grosso prelievo di denaro contante da alcuni giorni.

Al cassiere, a cui aveva dovuto prenotare la somma, aveva detto che gli era stato proposto un affare: una villetta sull'isola di Cavallo, ma che buona parte dell'importo doveva essere pagato in contanti.

Robert in ozio

Robert era rimasto a Viareggio e perciò era particolarmente nervoso.

Accomodava incessantemente i suoi capelli lunghi, anche se radi ormai, sempre casualmente disordinati.

La barba risultava invece curata.

Seduto a poppa della barca, il viso illuminato dalla luce rossa del tramonto.

Il caldo asfissiante della giornata estiva era reso ancor più insopportabile dal forte vento di scirocco, e non era stato sopìto dalla breve doccia.

A quell'ora o si dorme o si riposa: eppure i trapani mugolavano nell'aria afosa del porto e non era possibile far nulla di ciò.

Inoltre quel cruccio di non essere partito con Ario per poter partecipare al prosieguo delle indagini.

In presenza di un dilemma, sarebbe stato meglio distrarsi con qualsiasi altra occupazione: ma a quell'ora, che fare!

La notte sembrava non avere termine, finalmente Robert si decise che era inutile accanirsi mancando le necessarie informazioni e si addormentò sul sorgere del sole.

Suicidio o omicidio?

Non poteva essere suicidio: nessuno scritto era stato rinvenuto nella sua cabina né tra le sue cose.

Un liquido tossico era stato usato e quindi secondo gli investigatori Alessandro si era ucciso a causa dello scandalo nel quale era coinvolto.

"Si, Alessandro si è ucciso, così sembra!"

Per essere certo di raggiungere l'obiettivo finale avrebbe ingerito del liquido velenoso.

Infatti alcuni contenitori con della sostanza, per ora sconosciuta, erano stati ritrovati sul comodino, proprio in bella mostra!

"Insomma si è buttato in mare?"

"Si, con un cavo robusto aveva legato un'ancora di rispetto alla sua caviglia prima di lasciarsi andare in acqua.

"Strano modo di suicidarsi".

"Perché strano?"

"Perché avvelenarsi prima di buttarsi in mare? In ogni caso aspetterei un po', prima di considerarlo un suicidio!".

Certo, un vero suicida non ha bisogno di lasciare scritti e in cabina non ne furono trovati.

"Insomma, non credi al suicidio?"

"Sono scettico. Non ci vuole niente ad addormentare un uomo e poi a buttarlo in mare".

"E allora?"

“Qui manca qualsiasi prova, non c’è un’ombra di testimone e la sua amante si è dissolta. Era vera o erano solo chiacchere. Si parla di una donna bellissima, di una straniera?”

Rimini Yacht

Alessandro era risultato indagato dal nucleo di polizia tributaria, sospettati di truffa insieme ad altre nove persone fra cui quattro suoi ex colleghi.

Era stata avviata la perquisizione a casa della moglie senza dare luogo a rilievi.

La maxi inchiesta partita da Rimini con il furto di uno yacht da cinque milioni di euro, stava attraversando gran parte dei porti italiani.

Carabinieri e Capitaneria avevano avviato il sequestro di imbarcazioni milionarie, ognuna delle quali, si è scoperto, aveva più di un proprietario.

Alessandro stava per diventare il numero uno del settore.

Il trucco consisteva nel riuscire a vendere la stessa barca a più armatori, fidando sul fatto che i registri nautici di Italia non hanno alcun contatto.

E ora i proprietari e decine di società di leasing, sia italiane che sammarinesi, dopo aver sborsato milioni di euro si ritrovavano con le imbarcazioni sotto sequestro.

L’estate 2010 per il mercato italiano del diportismo nautico, si era, quindi, aperta all’insegna dell’incertezza.

A colpire il mercato nazionale ed a favorire quello francese, non erano tanto i postumi della crisi economica globale quanto l’effetto boomerang di questi sequestri, avvenuti in Italia per questioni fiscali.

Il più clamoroso era stato quello del Force Blu di Flavio Briatore.

Per questi motivi era troppo difficile navigare in acque italiane e la maggior parte si dirigeva all’estero: la Corsica, vicina era al completo!

Ario

“Abbiamo avvertito il servizio speciale”.

“Ti ricordi di Ario?”

“Avevamo fatto insieme il corso ufficiali, poi lui la ferma nei carabinieri e la destinazione alle attività investigative di cui aveva particolare predisposizione”.

Ario era diventato un criminal profiler, ovvero un vero investigatore.

Quello che sa tracciare la personalità dell’ignoto autore del delitto e cerca di riscontrare quei tratti nei sospetti; insomma la star di molti telefilm americani.

La sua libellula

La libellula era chiusa nell’ hangar.

Due ruotine di fortuna per sollevare i patini da terra e spingerlo nel prato antistante.

"Ora ragazzi".

Insieme a Tullio spingevamo lateralmente.

Ario teneva bassa la coda per mantenerlo in equilibrio sulle piccole ruote e farlo così scorrere sull'erba senza intoppi.

Lo spurgo della benzina, di un pallido celeste, poi il controllo dell'olio, la presenza delle eventuali crepe sulle pale, insomma il check up di rito prima della partenza.

Solo qualche minuto fermo, con il motore acceso, poi con la leggerezza dovuta alla speciale capacità di volo acquisita in servizio, Ario si sollevò di un metro da terra e fermamente, a questa altezza, avanzò lentamente per orientarsi al vento e poi accelerare forte ed impennarsi per sollevarsi sopra gli alti alberi della pineta, prospiciente il mare.

Iniziava un lungo viaggio che lo avrebbe portato in circa due ore all'isola di Cavallo, dove era stato chiamato d'urgenza dalla gendarmeria del luogo.

Lì un altro omicidio, un'altro motoscafo incriminato!

In volo sul mare

A metà strada la Capraia poi la Corsica, un pezzo di catena alpina in mezzo al mare.

Di lassù la Corsica, la Sardegna e l'Elba, le tre più grandi isole del Tirreno centrale, contornate da uno splendido blu.

Ma anche il petrolio viaggiava sulla sua rotta!

Ogni tanto lunghe strisce luccicavano al sole.

Il Mediterraneo detiene il record del più alto tasso di catrame dei mari del mondo.

Infatti, per far prima, le imbarcazioni lavano le cisterne in mare invece che in tutta sicurezza nei porti.

L'Isola di Cavallo

Meta prediletta di tanti personaggi famosi, dai Savoia, agli attori del cinema, l'isola di Cavallo appariva nel tramonto.

Da quaranta anni una delle tappe più esclusive della dolce vita internazionale.

Il fascino di questo lembo di terra, stretto tra le mitiche Bocche di Bonifacio e il Parco Internazionale della Maddalena, è rimasto inalterato nel millenni.

Cavallo era una delle isole preferite dagli Antichi Romani, di cui ancora oggi si conservano i reperti.

II mare turchese, le spiagge bianche e rosa, fatte di piccole conchiglie chiamate "occhi di Santa Lucia" e miriadi di minuscoli pezzettini di corallo rosso, i cespugli di mirto e ginepro inframmezzati dalle rocce lisce, a cui le onde e il vento hanno dato le forme più curiose.

L'Ile de Cavallo è la più suggestiva ed esclusiva isola dell'Arcipelago di Lavezzi, a poche miglia dalla costa settentrionale della Sardegna, a ridosso della punta meridionale della Corsica.

L'arcipelago di Lavezzi conobbe l'onore delle cronache verso la fine degli anni sessanta, quando Jean Castel, uno dei più famosi proprietari di night club parigini, acquistò l'intera manciata di isole per poi cederle alla Corsica in cambio del permesso di edificare qualche abitazione a Cavallo, che fu l'unica che tenne per sé.

Perciò dall'epoca l'isola è proprietà privata.

Nel giro di pochi anni le acque di Cavallo divennero la passerella su cui sfilavano i panfili e i natanti dei nababbi del mondo intero, tra mille avventure e pettegolezzi avvolti in una privacy che solo qui si poteva trovare.

Ed ora i pressanti controlli italiani sugli yacht ne facevano meta particolarmente desiderata dagli italiani.

L'atterraggio

Avvicinandosi all'Isola rinforzava il vento premonitore del cambiamento di tempo.

Il piccolo velivolo riduceva la velocità, tutto era sotto controllo, ma Ario assorto nei pensieri del caso non si era reso conto del peggioramento del tempo, né mostrava la necessaria attenzione alla strumentazione.

Un po' di sonnolenza causata dall'altezza del volo si aggiungeva alla stanchezza della giornata.

Si sa, la mente è in costante movimento, è frenetica.

La sua non era proiettata al domani, ma al giorno del delitto.

L'unico punto di riferimento era dato, infatti, solo dal ritrovamento e dalle notizie di archivio.

Cosa lo aspettava il giorno dopo?

Apparentemente la soluzione poteva essere banale quanto complicata.

Fu immediata l'uscita da quel torpore quando si rese conto che era ormai arrivato a destinazione e che doveva scegliere un campo dove appoggiarsi.

Destino infernale, proprio in quel momento uno, due colpi "di tosse" del gioiello a cui aveva affidato la propria vita!

Il motore perfettamente assistito da continue revisioni sembrava volersi spengere.

Non aveva mai provato veramente questa situazione se non nelle ripetute prove di addestramento, ma con motore accesso sfruttando la forza del vento che dava spinta alle pale.

Ora doveva mettere in pratica quanto aveva imparato: solo un secondo e mezzo!

Questa era la raccomandazione per mettere il velivolo in condizioni di atterrare con il motore spento.

Su la leva, gli ultimi colpi del motore e poi giù velocemente più di quanto avrebbe voluto!

Ma, fortunatamente erano pochi i metri che mancavano per raggiungere terra.

Ecco, un colpo secco, ma l'apparecchio rimase saldo sui pattini!

Cribbio nessuno aveva visto questo atterraggio da manuale!

L'arrivo a Cavallo del Tie For Two

Si arriva sull'isola approdando al porticciolo con i pontili in legno che collegano direttamente la costa con la piazzetta e l'Hotel des Pecheurs.

L'albergo si intravede dal mare, perfettamente mimetizzato tra la roccia e la spiaggia.

Un luogo che profuma di mirto, alloro e di ginepro, dove i colori sono quelli delle bouganville e degli oleandri e dove soltanto le auto elettriche e le biciclette sono autorizzate a percorrere le stradine che portano alle baie e alle spiagge per preservare l'ambiente dai danni dell'inquinamento.

Tullio spavaldo aveva navigato tutto il giorno, da solo!

Ovvero assistito da Nelly che dopo questa prova aveva conquistato degnamente il ruolo di nostromo!

Tullio era stanco e si aggiunse il giorno dopo alla compagnia.

Dopo un viaggio impegnativo, senza comandante!

In mezzo ad un mare dominato con forza dalla possente imbarcazione.

100.000 maiali!

Il bello della compagnia!

Gli Amici non stavano nei panni.

Dovevano presentargli il Conte!

Si presentarono.

Il più rumoroso compagno sembrava piuttosto stano, ma anche divertente.

Aveva trantatrè anni, ed era quel che si dice un bell'uomo.

Ma di lui non si sapeva di fatto niente: non si faceva mai accompagnare a casa, che diceva essere una villa sul promontorio!

Si diceva invece che vivesse in un piccolo pied a terre dietro l'Hotel!

Vantava conoscenze importanti ed un grande allevamento che lo proiettava tra i big dell'agro alimentare.

Si sapeva di un matrimonio fallito e si diceva di una serie d'inconcludenti approcci di lavoro perciò stavamo tutti ben attenti a parlare di affari.

Fu un barista, che lo aveva conosciuto bene, a descrivercelo come così pigro da non potersi alzare dal letto prima di mezzogiorno.

Ma era gioviale e perciò finiva per essere invitato tutte le sere: giusto per distrazione!

L'affondamento

Ario aveva imparato a valutare ogni mossa ed a ricercare il significato nascosto di ogni dettaglio.

Incidente?

Il motoscafo era stato trovato affondato in una baia dove gli yacht normalmente si fermavano per far fare il bagno, tanta era la bellezza degli scogli arrotondati dal vento.

In preda a shock era stata ritrovata un'avvenente signora, morto il proprietario, raccolte alcune borse.

La gendarmeria di Cavallo

Secondo la Gendarmeria, accorsa all'alba dopo la segnalazione, fatta dai pescatori che uscivano dal porto per ritornarci al tramonto colmi di speranza, lo yacht era stato affondato.

Risultava adagiato sul fondo, colmo d'acqua fino alla tuga, ma non mostrava segni di falle.

Come se mani esperte avessero aperto i "lesi" che ogni barca ha per consentirle lo scarico dell'acqua in zona protetta. Anche gli oblò laterali erano lasciati aperti e ciò aveva certamente accelerato l'affondamento.

Sulla barca alla fonda, subito dietro la diga foranea, non esistevano segni di una recente presenza.

A bordo non si era visto nessuno: la barca evidentemente era giunta di notte, ma la cosa strana era data dal fatto che nessuno ne rivendicava il possesso: era stata rubata?

Dalle verifiche effettuate tramite l'Anagrafe si, accertò che anche il proprietario del motoscafo aveva nei giorni precedenti prelevato dal proprio conto corrente una cifra considerevole!

Leslie

La francesina, una volta ballerina, ormai non più ventenne, faceva ancora attrarre gli sguardi di tutti: uomini e donne.

Una vera bellezza!

Gli occhi di giada attraevano lo sguardo di tutti, mentre con un sorriso gentile Leslie, faceva il suo ingresso nella stanza adibita agli interrogatori.

Ondeggiando su ruvidi zoccoli, una volta nati come scarpe per i contadini olandesi, e dal '68 diventati simboli della rivoluzione.

Dimenticata ogni forma di sobrietà, salvo il carattere "torto" della calzatura, quelli di Leslie erano costellati di swarosky, dimenticando così completamente l'umiltà della calzatura dei diseredati narrati da Ermanno Olmi nell'albero degli zoccoli!

Lo zoccolo accessorio del sesso debole era ora trasformato in piedistallo del sesso forte.

Avanzando con il caratteristico rumore sordo, se pur attutito da una leggera suola di gomma, anticipava lei, in hot pants, camicetta e collane variopinte.

Tutti erano ora confusi e presi da una pulsione sessuale che poteva essere data anche dai feticci che sapeva indossare, ma che era invece in lei qualcosa di innato.

La cena di ferragosto al Pecheurs

L'Isola si era nel tempo popolata di importanti residenze estive e l'unico albergo rappresentava il punto di riferimento per ospiti delle ville e dell'Hotel & Spa des Pecheurs.

L'Isola forniva uno scenario quasi irreale che faceva da cornice all'esclusività degli ambienti.

Ci aspettava un menù di crostacei cucinati con vino, foglie d'alloro e mirto, in un brodetto fatto con gli stessi crostacei e con l'aggiunta della cipolla rosolata e la scorza d'arancia.

Il tutto ricoperto, ingentilito? con la crema di zafferano.

Nello hotel sposato con il bellissimo mare, l'atmosfera elegante e ricercata data da interni fastosi, con stucchi, colonne e lampadari che caratterizzano l'elegantissima sala da pranzo.

Molte le signore sole presenti nella hall!

L'interrogatorio

Proprio ora che aveva bisogno di tutto il suo coraggio, sentiva risalire alla superficie la sua innata timidezza.

Gli sguardi degli altri tornavano a dargli fastidio, vampe di calore gli salivano dalla schiena alla nuca, la lingua era come inceppata ed egli non avrebbe potuto spiccicare una parola.

Solo più tardi, quando egli mi raccontò minutamente le sue indagini sul caso, mi spiegò che in quei dieci minuti aveva avuto la rivelazione precisa di tutta la verità.

La scoperta, naturalmente, non era avvenuta per caso come potrebbe intendersi dicendo "rivelazione", ma era sgorgata, sia pure improvvisamente, da tutto il connesso delle indagini che egli aveva eseguito fino allora, da tutte le riflessioni che aveva fatte.

La prova

"Le daremo subito la prova dell'accusa che stiamo per farle".

"Signora vuole avvicinarsi un momento?"

"Guardi, sappiamo che i numeri di serie dei biglietti di banca trovati nella sua valigetta sono quelli delle banconote prelevate da Alessandro.

"Ha udito quello che ho detto finora?" le domandò.

"Sì".

"E corrisponde a verità?"

Leslie rimase in silenzio. Lacrime copiose scendevano sul volto. Aveva capityo che ormai la sua giovinezza era perduta per sempre!

Nei cosidetti misteri italiani in assenza di una verità accertata o accettabile la spiegazione che sembra più probabile sulla base di elementi concreti va in cima alla lista.

Alessandro, una volta in acqua, non è stato nelle condizioni di reagire anche se la profondità del mare, in quel punto, era di pochi metri.

ASSASSINIO ALL'ISOLA DI CAPRI

PERSONAGGI

Luca: poliziotto
Luisa: attrice, compagna di Luca
Carmen: attrice: Jessica Rabbit!
Patrizio: compagno di Nanà
Nanà: compagna di Patrizio
Robert: il solito ficcanaso: chiacchierando con tutti
Giustino: il compagno di tutti
Guido: portiere caprese
Salvo: fratello gemello di Guido
Noemi: moglie di Guido
Lilly: moglie di Robert
Ilio: un pescatore
Ugo: un amico di Robert
David: un amico di Giustino

Frecciarossa

"Firenze - Napoli in tre ore esatte: ce la farà?
I ritardi sono la maggioranza dei casi".
La rivoluzione velocità per ora non è all'altezza delle promesse!
Robert guardava il nuovo treno memore di quelli che per anni lo avevano portato su e giù per l'Italia.
Ma la gioia di tutti per l'avvio del viaggio era così grande che non ci curavamo di questi problemi.
In effetti il Frecciarossa è solo un "nuovo" Eurostar, ma viaggia ad una velocità supersonica per cui muoversi nei corridoi è un'impresa!
"Avete un po' di fame?", con il suo tono basso Lilly ci ricordava che l'ora era propizia.
Intorno i compagni di viaggio curiosamente osservavano la quantità di cibo che usciva dalla innocua busta di Principe!
Una sfoglia, una pizza di scarola......!
"È un forziere stracolmo di tesori" asserì Nanà.
Lilly ricordava ai compagni di viaggio tutti i suoi passaggi napoletani.
"Praticamente in ogni angolo ci si può imbattere in testimonianze storiche del suo incredibile e millenario passato".
Chiese antiche, vecchi palazzi, sculture rare, edicole votive.
E quei panorami mozzafiato che seppero rapire e affascinare i coloni della Magna Grecia tanti e tanti secoli fa.
Ci dirigevamo nella terra dove l'ottimismo è religione di Stato!
"Ricordi cosa diceva Oscar Wilde?" "L'ottimista pensa che questo sia il migliore dei mondi possibili. Il pessimista sa che è vero !"
"La differenza dunque sta solo nella loro interpretazione?" razionalmente rispondeva al suo solito Robert.

L'Isola

Robert chiuse gli occhi per pregustare non solo Napoli, ma la programmata gita a Capri, se pur di un giorno.

Scendere dall'aliscafo e scoprire il paradiso.

Odori selvaggi e colori lavati dal temporale.

Capri in inverno, anzi, l'altra Capri, ci avrebbe regalato panorami indimenticabili.

Perché, chi la conosce, sa che l'isola ha due anime.

Quella più nota, fatta di alberghi a sette stelle, ristoranti gremìti e barche di lusso, ma la Capri crepuscolare, rubata nei mesi più freddi, è la vera miniera di sorprese.

Lo sapevano bene i viaggiatori del Grand Tour che scoprirono l'isola nell'Ottocento per trascorrere con serenità i loro lunghi inverni.

Giustamente, artisti, scrittori, musicisti e intellettuali solo davanti a quei panorami, riuscivano a trarre ispirazione per le loro opere.

Quel fascino, inalterato, è tutt'ora resistente alle insidie del tempo.

Ma la celebre piazzetta, dove si arriva con pochi minuti di funicolare direttamente dal porto, è sempre aperta con i suoi caffé napoletani e torta caprese.

Lilly ricordava anche l'appuntamento con i Giardini di Augusto.

Costruiti negli anni Trenta, hanno splendide terrazze che si affacciano su un "altro mondo" che sembra non avere confini: i Faraglioni, il Monte Tuoro, la baia di Marina Piccola, il Monte Solaro.

E lo struggente ricordo di quella lettura! Il San Michele e la gita tanto agognata a Villa San Michele, la dimora del medico Axel Munthe.

Ma il profilo di Capri si stagliava nebuloso e azzurrino all'orizzonte sembrando ancora più lontano di quanto lo fosse in realtà.

Il tempo inclemente lo rendeva davvero lontano: i traghetti erano stati sospesi a causa della violenta mareggiata che si era abbattuta sulla costa partenopea.

L'Hotel San Francesco al Monte

Arrivammo in serata all"hotel San Francesco al Monte un ex convento francescano, fondato nel 1557 nel luogo più spettacolare di Napoli.

La vista abbracciava tutta la città, dal centro antico al golfo con le sue isole e il Vesuvio.

Patrizio già leggeva la guida dell'Hotel.

Il Convento, fu fondato da Frate Agostino da Miglionico, un povero fraticello dell'Ordine dei Frati Minori Conventuali, detti anche Barbanti per la barba fluente che portavano.

"Caro Giaci, sei anche tu un fraticello barbante?"

Frate Agostino si costruì nelle viscere della montagna una piccola cella che nel tempo divenne un più comodo convento ed oggi un elegante Hotel alto sulla collina.

Finalmente non un finto antico.

I lavori non avevano modificato sostanzialmente la struttura interna dell'edificio nel quale si poteva gustare il sapore della vecchia cucina, del refettorio affrescato e tante scale interne.

Il giardino pensile sul tetto, di fatto la propaggine della montagna, con olivi e limoni e la nuova piscina legata vicino ad una vecchia vasca scavata nella roccia, in una grotta di tufo ora dotata di idromassaggio.

Non ci aveva stupito l'Hotel, se pur bello e particolare, ma la vista che faceva godere sia dalle camere che dalla terrazza pensile: tutta Napoli, il Vesuvio, il mare si offrivano nella loro bellezza come in una vecchia guasce!

Il Vesuvio

Era lì davanti a noi maestoso, sonnolente dal 1944, quando eruttò davanti allo stupore degli Alleati.

Scriveva Goethe nel suo *Viaggio in Italia*: "Nel sole fulgido la massa incandescente assumeva una tinta fosca; (...) tutt'intorno da mille fessure sbuffava il vapore; (...) un fumo impenetrabile ci turbinava intorno, oscurando il sole e soffocandoci...

La terribilità contrapposta al bello, il bello alla terribilità: l'uno e l'altra si annulano a vicenda e ne risulta un sentimento d'indifferenza.

"Certo, i napoletani sarebbero senza dubbio diversi se non si sentissero costretti fra Dio e Satana!".

"In effetti, come tutte le meraviglie della natura, anche i vulcani hanno sempre suscitato pensieri di genere sublime pericolosamente simili a luoghi comuni".

Guido

"Siamo qui apposta per Voi" proferì con fare professionale, ma disordinato nei modi del corpo.

Piccolo, emaciato, calvo nonostante la giovane età, alla moda del momento, esibiva la gentilezza che aveva sempre usato nel suo lavoro anche se stavolta l'amarezza che lo pervadeva lo rendeva insicuro nei modi e nella voce.

Ma nella realtà così non era per Guido.

Era stato licenziato e terminava il preavviso proprio l'ultimo dell'anno in un giorno di per sé allietato dall'euforia del momento.

L'indomani avrebbe fatto ritorno a Capri ed alla sua famiglia senza sapere come continuare a mantenere la moglie e la piccola bimba miracolosamente nata dopo anni di attesa.

L'isola sembrava misteriosa proprio perché irraggiungibile, eppure Guido quella sera avrebbe dovuto tornare dalla moglie a Capri: il suo lavoro all'Hotel San Francesco era ormai terminato.

La crisi aveva convinto la proprietaria a ridurre le spese e così anche il servizio di portieraggio che dal primo dell'anno sarebbe stato eseguito solo da due persone, compresa la notte.

"Guido la camera è ghiacciata! Non funziona il riscaldamento né tantomeno la TV!" Robert era stato mandato dalla moglie Lilly a sollecitare un intervento tecnico che risolvesse il problema, ma niente si poteva fare.

"Dottò, a quest'ora il tecnico non può venire, camere libere non ce ne sono, sono costretto a mandarle una coperta in aggiunta".

Ma gli occhi di Guido sembravano persi nel vuoto e mancava la naturale inclinazione all'allegria dei napoletani certo che veniva amplificata dal prossimo evento festoso.

La tristezza di Guido, si calava nel vortice delle grandi feste, degli auguri, delle riunioni di famiglie e amici, dei baci sotto il vischio e della felicità con le palline di plastica argentata in confezione regalo.

Sfottendo, Robert ricordava questa bellissima citazione presa da un film di cui non aveva memoria: "Ridi e il mondo riderà con te, piangi e piangerai da solo."

Napoli

Napoli si apriva, come sempre rappresentata nelle cartoline, a forma di anfiteatro sul mare, delimitata dal Vesuvio, dalle costiere sorrentina e amalfitana e dalle meravigliose isole di Capri, di Ischia, di Procida e da Capo Misano.

Era da molto tempo che non venivo nella capitale del sud e i segni della crisi erano evidenti ad occhio nudo.

Bastava percorrere la via Toledo, per rendersene conto.

I mendicanti, dapprima ridotti, ora si sono moltiplicati.

Ma Napoli era ancora scintillante, e, ai miei occhi, simpatica, verace, accogliente.

I soldi nelle tasche dei cittadini sono molto diminuiti, ma, i napoletani mai rinuncerebbero alla socialità di strada, a una chiacchiera fino alle ore piccole davanti a un bicchiere.

Passeggiando Robert ricordava quando vent'anni prima, turista innamorato, vedeva solo le cose belle di Napoli: la cena da Amici miei, l'anello nascosto, la scopa portafortuna della notte della Befana.

Oppure la mostra delle guasce a Sant'Elmo ai Camaldoli, in giro per la città deserta durante i mondiali del 1990 con il primo cellulare, la cena da Ciro a Santa Brigida, il Chiostro della Chiesa di Santa Chiara, Piazza del Plebiscito.

Insomma Napoli sembrava un "grande" nido d'amore!

Camminavo per strada ricordando: Fidati di Napoli e Napoli non Ti deluderà!

Il cenone

La tavola di Natale è lo specchio alimentare in cui riflettiamo la nostra immagine di golosi repressi.

Tra feste, tradizione e freddo che di per se ingolosisce, era arrivata la stagione dei pranzi ricchi e non riuscivamo a fuggire dal cenone di Natale!

Lilly ricordava i sapori classici della sua cucina del sud, rievocando ricordi ed emozioni.

Io, quelle de *La scienza in cucina e l'arte di mangiare bene*, del caro Pellegrino Artusi, mio conterraneo che aveva peraltro conquistato anche le arti di Lilly.

"Si ma Annalisa!" ricordava Lilly le ricette pubblicate dalla carissima amica romana.

Le portate che un tempo ci si concedeva a Natale per celebrare l'abbondanza, erano ancora arricchite dai valori della tradizione e della memoria.

L'evolversi del gusto si arresta di fronte ai classici: cambiano le ricette, si alleggeriscono i condimenti, diminuiscono le porzioni, ma i piatti restano.

Approfittando dei prodotti invernali aiutati dalla fantasia e dalla creatività il nostro ristorante mostrava un menù di nomi altisonanti e molto variegato.

Avevamo cominciato al bar con l'aperitivo dove Robert aveva ricordato le patriottiche quanto goffe traduzioni che i futuristi riuscivano a fare: come potevamo pensare a chiamare il maitre, (guidapalato), per chiedergli un coktail (polibibita) ed un sandwich (traidue).

Era certo meglio l'esuberante napoletanizzazione delle ricette che Marcos, il proprietario della trattoria, ci presentava traducendole anche in italiano.

Ci aveva accettato avendo ancora un tavolo libero (?) oppure aggiungendo un tavolo nella sala già colma?

Le ricette

Il cenone di Capodanno, rito sacro per eccellenza, era, ovviamente dominato dal pesce: il vero signore della cucina.

Un primo succulento, cui segue inevitabilmente il napoletanissimo fritto di baccalà e capitone.

Salutato il pesce un rapido passaggio alla carne ed alle verdure.

Ecco allora la minestra marinata, sorta di "primo-antipasto" rigorosamente partenopeo.

E poi come dimenticare la caratteristica insalata di rinforzo, con i tanto saporiti broccoli al limone?

Infine spazio ai dolci, veri e autentici protagonisti dei pasti luculliani delle feste.

Gli struffoli, presenza antichissima e obbligata nel periodo delle feste natalizie.

"E poi, vuoi mettere i mostaccioli e roccocò?" Lilly sapientemente ricordava i sapori di bambina.

Il mostacciolo, biscotto al cioccolato dalla caratteristica forma romboidale, la cui denominazione deriva da un'antica ricetta contadina del mosto (mostacea era il nome latino) con il quale, un tempo, veniva preparato.

Più duri i roccocò, ma non per questo meno buoni.

Sorta di ciambelle dolci prodotte con mandorle, farina, zucchero, canditi e spezie varie, i roccocò risalgono al 1320: fu in quell'anno, infatti, che le monache del Real Convento della Maddalena li sfornarono per la prima volta.

Il loro nome deriva dal termine francese rocaille, per la forma simile a quella di una conchiglia arrotondata di cui conserva le linee, ma non certo il sapore che è tutta un'altra cosa!

"Ancora una delizia, provare per credere, sopraggiungeva Marcos con i "susamielli".

Dolci a forma di "S" preparati con la farina, zucchero, mandorle e miele, e aromatizzati con cannella, pepe, noce moscata: ghiottoneria da mille e una notte.

La cena si chiuse con la frutta secca, ma il torrone fu sicuramente il dolce della festa, il re indiscusso delle bancarelle, che ci fu portato con allegria, soffice, mandorlato, duro.

Ed ancora spumante strettamente italiano!

Ci era voluta la bancarotta di Lehman Brothers del 2008 per togliere tanta supremazia allo champagne.

I Botti

Si dice che i botti più pericolosi, ad esempio "la bomba di Maradona", gli ordigni mascherati da fuoco d'artificio, sono in calo per mancanza d'ispirazione.

"Meno soldi in tasca dovrebbero tradursi in meno botti sul balcone, ma siamo sicuri?"

Perché, è il caso di ricordarlo, a Capodanno c'è gente che non si sente realizzata se non spara dalla finestra.

E poi c'è gente che non bada a spese, quando si tratta dell'ultimo dell'anno!

Ecco perché i fuochi d'artificio a Capodanno sono uno spettacolo mozzafiato!

Dunque, il modo migliore per festeggiare il Capodanno è sicuramente quello di stare all'aperto a Napoli!

Giochi pirotecnici li potevamo chiamare così solo noi che eravamo così lontani ed in alto.

Laggiù solo botti!

I fuochi d'artificio a Capodanno a Napoli iniziano la mattina, anzi alcuni giorni prima!

Ma un quarto d'ora prima della mezzanotte, la città sembra letteralmente esplodere.

I botti rimbalzavano da un quartiere all'altro a cominciare dalla batteria predisposta in piazza del Municipio.

Poi Piazza Vittorio, via Caracciolo e laggiù in fondo alla Riviera di Chiaia.

Sulla terrazza dell'Hotel lo scroscio di piogge luccicanti scatenava esclamazioni che si affievolivano con il dissolvesi delle gocce colorate.

Qualche pausa appena, discreta.

Non c'è tempo per i commenti.

Risplendono bagliori d'argento, cascate d'oro e di verde brillante, corolle rosa e d'azzurro elettrico.

Un continuo finale pirotecnico, o semplicemente finale, ovvero per ogni famiglia una sequenza dirompente di fuochi e botti.

Il primo dell'anno: la disperazione di Guido

L'anno scorso a Napoli si contarono quattrocento feriti!
Chissà se quest'anno la pioggia ormai ininterrotta aveva fatto raffreddare i bollenti spiriti dei partenopei!
Il primo dell'anno si presenta ancora accompagnato da pioggia e vento che insieme alla forte mareggiata ci accompagnavano nel vivere ancora oggi una giornata difficile.
Le condizioni meteo erano molto perturbate e le condizioni del mare non consentivano più l'attracco neppure ai traghetti.
Sulla inadeguatezza del sostegno a chi si trova in povertà in un paese che manca di una misura di reddito minimo era ovvia la disperazione di Guido.
Guido aveva lasciato l'Hotel di prima mattina ed era riuscito a prendere la prima nave della mattina, poi i collegamenti si erano interrotti.

Il Palazzo Reale

"Robert, Robert"
Bussando alla vetrata grande dell'ingresso Ugo manifestava il suo gioioso stupore nell'incontrarmi, lì, nella sua terra.
"Diranno che ci siamo parlati di nascosto!"
Giocando con i problemi di una Fondazione che si avviava a "divenire ancora più grande" e quindi ancora più complessa di come era stata costruita.
"Di fasti ornamentali del seicento questa terra è colma", continuò Patrizio.
Gli eccessi sfarzosi, sgargianti ed esuberanti abbagliano e ubriacano di arte Napoli, quasi a voler illuminare, con lo stupore e le meraviglie che destano, le ombre più oscure dello spirito di decadenza da sempre insito in una Capitale vera che vive forti contraddizioni ed evidenti contrasti.
Il gusto partenopeo per lo "stile meraviglioso" non finisce mai di stupire.
Anche facciate, all'apparenza fatiscenti, e portoni chiusi, nascondevano cortili prestigiosi e scalinate di insospettabile bellezza, pronti a svelarsi a noi in tutto il loro sfarzo più sfavillante.
Chi adora le forme precise e razionali non potrà mai tramutarsi in fan accanito di un'arte mirata a destare stupore e ammirazione.
Soprattutto a Napoli, dove il Barocco, a differenza di quello Romano, seppe assumere toni ancora più sgargianti, soprattutto nelle decorazioni marmoree e di stucchi.
Nel secolo dei lumi, in molti guardarono allo "stile esuberante" storcendo il naso.

"Si parlò anche di cattivo gusto" ricordò Giustino, sottolineando la ricchezza degli arredi barocchi che erano per l'occasione visibili nell'Appartamento storico di Palazzo Reale.

Carmen

"Ma è Jessica Rabbit" Robert sussurrò all'amico Giustino.

Carmen sembrava quel personaggio immaginario che infatti nel film d'animazione *Chi ha incastrato Roger Rabbit*, impersonificava la moglie del protagonista.

"È lei, esattamente lei!"

Carmen si mostrava alta e seducente; indossava un vestito da sera rosso molto scollato, con scarpe rosse, dai tacchi molto alti e grandi guanti viola.

I capelli rossi e lunghi, le labbra carnose e gli occhi grandi e seducenti: insomma lo stereotipo della *femme fatale*.

Ricordai la frase più celebre di Jessica: "Non sono cattiva, è che mi disegnano così!"

Quando le viene chiesto cosa ci trova di attraente in Roger Rabbit lei risponde "sa farmi ridere".

Quaranta e ..... anni, capelli rossi, bocca carnosa: un risultato perfetto.

Carmen non aveva voluto grandi aspettative, poichè aveva volentieri dedicato il suo tempo a fare la mamma.

Poteva così guadagnare un po' di soldi per essere indipendente e continuare a vivere la vita del teatro che voleva dire per Lei, totale libertà.

Era nata poverissima, ma anche da grande bastava un gelato per farla felice.

"Non c'è persona dai tempi di Adamo più fortunata di me, non mi è successo nulla che non fosse perfetto", adocchiando il marito venerante!

"Non lo dico per fare la spiritosa, non c'è mai stato un momento in cui mi sentivo infelice perché non avevo soldi."

L'oro di Napoli

Il Gran Caffè Gambrinus, lo storico locale in Piazza del Popolo, ci accolse in una delle sue sale liberty inondate ogni giorni di turisti, napoletani e personaggi famosi.

Da 150 anni il Gambrinus è un patrimonio di tutti, se le sue pareti avessero il dono della parola, potremmo trascorrere intere giornate ad ascoltare tanti racconti del nostro passato.

Il mondo della cultura da sempre è sfilato per gli eleganti corridoi, sorseggiato un buon caffè godendosi qualche attimo di relax.

Un ricordo felice, un solo attimo di felicità ricordato, può renderti felice per tutta la vita.

Non lo ricordi? allora, inventalo!

Gli amici napoletani rievocavano il pittoresco mondo dei "bassi" napoletani come mirabilmente l'aveva descritto nei suoi racconti il napoletano Giuseppe Marotta.

Famoso "Pizze a credito" con la fulgida Loren pizzaiola, ma i più felici sono "I giocatori" con De Sica e "Il guappo" con Totò.

A Napoli, a teatro, come da tradizione i primi dell'anno ed a vedere l'oro di Napoli.

Ma l'incontro atteso da Robert era per Luisa.

Affascinante interprete femminile delle storie raccontate da Marotta, il Maestro da sempre consacrato dal pubblico.

Una lezione di vita e di amore per il teatro e per un mestiere difficilissimo ovviamente quando sa attrarre il pubblico e stimolarne le emozioni.

Luisa

Raffinata e sensuale al tempo stesso, provocatoria nelle forme e nella pronta battuta.

Ironica ed intelligente si era mossa sulla scena con fare disinvolto.

Che piacere guardarla, ora, da vicino, aspettare il formarsi delle due fossette sulle guance bianche burrose.

Lei solare e sanguigna come solo una napoletana verace sapeva essere, si presentava allegra e scherzosa.

Luca, come in disparte, aspettava! Sembrava perdersi nei suoi occhi.

Avevamo aspettato che uscisse dal camerino per vedere lei, ma anche per capire l'attrice che aveva incarnato, le donne non complesse, ma vive, che nella commedia generosamente mescolavano umori e realtà.

"Devo tantissimo a Napoli."

"È qui che sono nata, è qui che sono cresciuta ed è qui che torno appena posso."

"Sono legata alla mia città, una favola moderna che non ho mai smesso di amare e che mi ha regalato il successo di attrice."

"Quando sono lontana, penso a Napoli e rivedo i luoghi della mia infanzia, quelli cui sono rimasta più affezionata."

"Mi manca il calore della sua gente, la bellezza del clima, il fascino inimitabile dei vicoli."

La smorfia

A metà del secondo tempo si erano accese le luci.

Una signora anziana distesa sembrava agonizzante.

"C'è un medico in sala?"

Tutti in piedi per rispetto alla persona che sembrava già morta cominciavano a guardarsi bisbigliando: "Quanto fa morto che parla?", oggi è il primo! tra serietà e ilarità.

Sulla base di queste corrispondenze anche noi tentavamo di trovare la corrispondenza tra scena e numeri da giocare al lotto.

Fu indispensabile ricercare la *Smorfia*.

Sul libro consunto, con gli orli delle pagine arricciolate dall'uso, l'interpretazione dei numeri del lotto ed il loro significato cabalistico.

Il Gioco del Lotto, ovvero la *"fabbrica dei sogni"*, ha a Napoli una lunga tradizione e se ne possono trovare riferimenti in tutta la cultura partenopea, dal teatro del grande Eduardo fino ai famosi sketch dell'amato Troisi e del suo gruppo la Smorfia, nome che già da solo è un programma!

Il popolo partenopeo e non, in momenti di difficoltà economica vi ricorre spesso con la speranza che una bella vincita possa far cambiare tutto in meglio.

"La cosa curiosa, è che di notte, nel sonno, dentro ai sogni io ci vedo, anzi riesco proprio a vedere quello che mi serve!", disse Lilly che da sempre dormiva in compagnia del sogni!

"Per i napoletani non si tratta di fortuna o di azzardo, infatti al lotto si vince solo se si interpreta correttamente l'evento."

Ripercorrendo la storia avvenuta la sera prima in teatro la ricerca dette i seguenti risultati:

MORIBONDO = 49.
MORIRE = 14.
MORTO = che parla: 47.
TEATRO = 8.

Ovviamente giocammo su tutte le ruote: 2 il giorno del fatto, 49, 14, 47, 8, su tutte le ruote e ovviamente su Napoli!

San Gregorio

L'accento napoletano torna in bocca come se fosse rimasto nascosto tra i denti.

I vecchi quartieri spagnoli erano tagliati in due come da un colpo di spada: "Spaccanapoli", una strada stretta che attraversa tutta la città.

Il quartiere del presepe napoletano dove storia, sacro e profano si fondono a testimonianza meravigliosa di un tempo lontano, rivissuto attraverso la rappresentazione della sacra natività.

Montagne di sughero e cartapesta, fontanine di gesso, case di cartone, pastori lavorati a mano: suggestioni uniche che sembrano quasi animarsi, ruotando attorno alla grotta a cui l'asino e il bue riscaldano il bambinello.

I personaggi, figli della società partenopea del XVIII secolo, rimodellati in statuette ricche di simbologie e metafore.

Fino ad arrivare alle celebrità dei giorni nostri (Pavarotti, De Filippo, Totò, Mike Buongiorno, Maradona ecc.)

San Gregorio era colmo di presepi, ma erano rarissime le pecore, e a noi ci mancavano!

Molte le capannucce con quel buon uomo di Giuseppe!

"Ricordate la cosiddetta annunciazione a Giuseppe, narrata dall'evangelista Matteo?"

Patrizio ci ricordava che Giuseppe suo sposo, poiché era uomo giusto e non voleva accusarla pubblicamente, pensò di ripudiarla in segreto.

Perciò gli apparve in sogno un angelo del Signore che gli disse: "non temere di prendere con te Maria, tua sposa. Infatti il bambino che è generato in lei viene dallo Spirito Santo; ella darà alla luce un figlio e tu lo chiamerai Gesù".

"Pensate come poteva essere stata diversa la storia oggi!"

La festa da David

Le case partenopee svelano l'anima di Napoli, ritraendola in tutta la sua bellezza.

L'attico sul golfo di David ci permetteva sfacciatamente di spogliare la città, scoprendone i segreti e la dimensione privata, tanto era visibile da lassù.

Fino a pochi anni fa veniva servito sulle tavole ogni venerdì adesso, visto i costi, è diventato un prodotto di lusso.

Non importa se arriva dall'oceano Atlantico, il baccalà per i napoletani fa parte della tradizione.

Il baccalà in cassuola richiede un po' di tempo, ma vale la pena cimentarsi per assaporare un piatto unico e gustosissimo.

Giustino mostrava sicurezza nel raccontare come doveva essere cucinato, ma non l'avevamo mai visto cucinare!

In un tegame fate imbiondire nell'olio, l'aglio e il peperoncino.

Poi toglieteli e aggiungete i pelati, le olive, i capperi, i pinoli e l'uvetta.

Cuocete a fuoco basso per una ventina di minuti.

Nel frattempo lavate, asciugate e tagliate a pezzi il baccalà che friggerete in olio bollente, ma non fumante.

Scolateli appena i pezzetti di baccalà saranno dorati su tutte e due i lati e poi metteteli nel sugo.

Lasciateli stufare una quindicina di minuti a tegame coperto e a fuoco basso.

Verso la fine della cottura, aggiungete il prezzemolo e, se necessario, salate.

I remi per Reginella

Centinaia di persone erano rimaste ferme sull'isola per due giorni per il blocco dei collegamenti via mare.

Solo sabato erano ripresi regolarmente i collegamenti marittimi con il golfo di Napoli anche se venivano assicurati solo con i traghetti e non ancora con gli aliscafi.

Robert fece di tutto per lasciare la compagnia e correre a Mergellina per prendere la prima nave.

Insieme a Luca promisero che sarebbero tornati la sera al tramonto per poter cenare insieme ancora una volta.

La traversata fu difficile: il mare ancora mosso con onde lunghe sulle quali la nave sbatteva nel momento in cui terminata la discesa si ingavonava nell'inizio dell'onda successiva.

"Ce l'accompagno io, so dov'è.

Salvo è l'unico, ormai che sa fare i remi ai gozzi!"

Mi ero voltato di colpo e mi ero trovato davanti quel tizio strano.

Aveva un'età indefinibile tra i sessanta e gli ottanta, un paio di jeans sdruciti, una camicia di flanella, a scacchi, sopra a un lupetto e un paio di Nike fuori moda, sicuramente regalo di qualche nipote.

Mi rivoltai verso lui e quello si rivolse all'uomo al di sopra della mia spalla.

"E da chi lo porti, Ilio?"

"Da Salvo."

"Ma ci sarà?"

"Al bar non c'era!"

"Dobbiamo andare al porto vecchio, è lì che lui lavora" mi disse sorridendo.

Lo ringraziai e ci avviammo.

"Deve sapere che Salvo non è un artigiano..., è un artista."

Intanto eravamo ormai sulla calata.

Una lunga fila di barche da diporto era ormeggiata alla banchina.

La capanna di Salvo

Eravamo arrivati di fronte a una porticina azzurrina legata con del filo di ferro ad una capanna di legno, sullo scoglio dove la sua famiglia, da sempre, teneva riposti gli attrezzi per la pesca.

Nessuno rispondeva.

Ilio aprì un rugginoso saliscendi e mi fece segno di entrare.

La capanna era buia e senza luce per cui gli occhi fecero fatica per qualche secondo a mettere a fuoco.

Guido era morto da poco: il suo corpo era ancora caldo.

Giaceva senza vita su un monte di reti di cui aveva preso la forma.

Si era avvelenato, così sembrava.

Sul tavolo accanto al bicchiere una bottiglia di limoncello.

Ripiegato un foglio sgualcito, una lettera scritta ai suoi piccoli, nella quale raccomandava loro di prendersi cura della madre.

Il motivo di tale gesto fu subito rinvenuto nella perdita del lavoro.

Nessun segno particolare per cui i soccorritori non potevano far altro che coprirlo con un lenzuolo in attesa dell'ordine di rimozione che doveva essere emanato dal magistrato di turno.

La salma fu trasportata all'istituto di medicina legale.

Luca

Luca potè subito essere incaricato di seguire le indagini, dal Maresciallo della locale stazione di carabinieri.

Un po' per il nome, un po' per la vaga somiglianza con l'altro Luca, Zingaretti, ovvero l'attore che ha impersonificato nella serie tv il commissario Montalbano, l'eroe dei romanzi di Andrea Camilleri, il "nostro" Luca era altrettanto speciale!

Le sue speciali capacità investigative gli consentiranno di essere molto apprezzato in tutti gli ambienti ed era altrettanto noto, come l'attore, per il suo modo di camminare e di portare, d'inverno, calato fino agli occhi, un pesante passamontagna.

La fama di Luca era nota a tutti e questo lo aiutava poiché sopraggiungendo sul luogo tutti si mettevano a sua disposizione.

Il comandante dei carabinieri era convinto che non si trattasse di suicidio avvalendosi anche delle voci che sull'isola davano il gemello Salvo amante di Noemi.

Poliziotto nell'anima, Luca affrontò subito il caso.

Le indagini durarono solo un giorno.

Le intuizioni in Piazzetta

Di buonora, nella fredda mattina d'inverno, Luca arrivò in "piazzetta" accompagnato dal comandante della locale stazione dei carabinieri.

Sul tavolino del bar arrivarono subito due caffè fumanti, senza bisogno che fossero ordinati.

"Al solito anche per il suo amico!" sottolineò il cameriere.

I capresi, passando dalla piazzetta lo osservavano sorseggiare la tazza di cioccolata sicuri che il commissario avrebbe trovato presto una soluzione.

Luca, concitato, spiegava al comandante che non poteva essere un suicidio.

"Sì, la situazione era degenerata"

E' vero Guido aveva già esternato ai suoi colleghi dell'Hotel che avrebbe fatto un gesto disperato: ma i bambini... non ne avrebbe avuto il coraggio!

"Eppoi ci sono quelle voci" aggiunse il maresciallo.

Guido faceva parte di un gruppo di amici, felici e spensierati, che erano cresciuti a Capri dove avevano vissuto, insieme, fin dalla nascita.

Anche la moglie di Guido faceva parte di quella compagnia di ragazzi, l'unica donna, da tutti accettata per la sua bravura nell'immergersi in profondità.

"Guido, con il fratello e Lei erano, sempre insieme"

Poi, Guido era partito per trovare lavoro a Napoli, ma il fratello era rimasto a Capri.

Noemi

Fiera della sua vita stretta e delle sue forme generose, indifferente ai canoni della moda astenica, Noemi risessualizzava il corpo della donna madre.

Insieme alla madre coesisteva infatti qualcosa di totalmente diverso.

Amava, infatti mostrare il corpo, strizzando il seno e il sedere non tanto per scandalizzare quanto per uscire a tutti i costi dall'anonimato nel quale si sentì caduta.

Noemi non aveva potuto coronare il suo sogno.

Bellissima alle nozze con Guido.

Sembrava Sophia quando aveva provato ad entrare nel mondo dello spettacolo.

A cantare e a ballare dopo aver preso per anni costose lezioni private.

Poi la prima apparizione in pubblico, le speranze, le illusioni.

Il primo figlio, l'addio al mondo dello spettacolo.

Si sa le donne amano la lingerie, ed evidentemente Noemi ne faceva molto uso come dimostrava il seno rigoglioso contratto da un reggiseno, di misura ridotta, agghindato con trine colorate, in mostra da una camicetta volutamente sbottonata.

Quei capi erano molto costosi e Guido certo non poteva permettersi di regalarglieli

Il guardaroba di Noemi era invece sempre ben fornito segno delle "giustificazioni" che voleva darsi?

"Mio marito è stato vittima di un'ingiustizia", sentenziò Noemi, "Me l'hanno ammazzato".

La donna così si era sfogata con il carabiniere che l'aveva avvertita della morte di Guido.

Aveva in effetti, confidato alla madre di temere per la vita del marito che ogni sera, disperato, la chiamava scandendo ritualmente i giorni che mancavano alla fine dell'anno.

Guido era caduto in una gran forma depressiva ed anche in passato aveva mostrato alcuni segni di squilibrio.

Il rituale, noto in ogni caso di suicidio, si poteva rinvenire nella causa, ma era strano l'ultimo messaggio.

La lettera di commiato ove in genere, al congiunto più caro, si lasciano anche minuziose istruzioni sul "dopo" sembrava scritta da tempo tanto era usurata la carta ripiegata.

Come se fosse stata da tempo rinchiusa nel portafoglio come molti uomini fanno.

L'estremo documento non convinceva Luca.

Le indagini

La donna non fu convocata in caserma, poiché Luca voleva parlarle a casa sua e voleva vedere anche i figli.

Era ad aspettarli in cucina, il cuore dell'appartamento.

Appoggiata al tavolo da pranzo, Noemi aveva scelto quel punto per gustarsi il raggio di sole che entrava dalla finestra oppure per essere illuminata da quella forte luce?

Gli occhi di Luca scivolarono sulla linea stretta e perfetta del suo naso, della sua bocca, ove sfolgoravano denti bianchissimi.

Noemi era stata perfetta, ma era ancora molto bella.

Lì, nella piccola vecchia casa del porto, convocò anche Salvo, che arrivò un quarto d'ora dopo.

Salvo entrò nella stanza da pranzo dell'appartamento inondato dalla luce forte del sole che entrava dalla porta.

L'uomo si soffermò sulla soglia della stanza rimanendo in controluce.

Non si potevano scorgere le espressioni del volto tanto rimaneva in ombra.

Luca appoggiato al muro dove non era visibile da Salvo, lo chiamo forte: Guido vieni vanti!

Il piccolo scoppiando in un pianto isterico si rifugiò tra le braccia della madre, gli occhi inondati di pianto.

La verità emergeva attraverso gli occhi di un bambino: il re è nudo ricordò Luca: la fiaba di Andersen!

Noemi volgeva le spalle alla porta e sentito chiamare il marito si girò di scatto e visto, invece, Salvo, si accasciò su una sedia.

Perché tanto sgomento?

Salvo era infatti di casa!

Il caso è chiuso

Luca chiuse gli occhi.

Il maresciallo lo guardò per un po', poi pur dubitando che si fosse addormentato domandò "Tutto bene?".

"Mi scusi" reagì prontamente Luca.

"Vede, stare al buio mi serve per uscire dalla vita concreta ed entrare in una virtuale, dove posso diventare spettatore degli eventi, calcolare meglio ogni movimento, ogni parola, e, passo dopo passo, ricostruire l'accaduto con maggiore lucidità".

"Il fratello aveva realizzato alla perfezione il suo piano che gli avrebbe consentito di sostituirsi a Guido in famiglia".

"Lei era d'accordo!"

Salvo, fingendo di volersi riappacificare con il fratello con cui non parlava da anni gli chiese di incontrarlo alla capanna.

In dono una bottiglia di limoncello, che avrebbe mascherato il cattivo gusto del veleno usato per ucciderlo!

Di rapido effetto, Guido si era addormentato per non risvegliarsi.

"E allora?" Robert incalzava.

"Salvo spoglia il cadavere e lo veste con i suoi abiti e con il suo portafoglio dove erano riposti anche i suoi documenti."

"Infine gli rade i baffetti in quanto lui ne era stato sempre privo (proprio per distinguersi dal fratello, ne unge i capelli come era solito fare e da tutti riconosciuto, si lava i suoi e si applica dei piccoli baffi esattamente uguali a quelli di Guido."

Se non fosse stato per Te e per i Tuoi remi, la macabra scena sarebbe stata scoperta proprio da lui stesso ovvero dal "nuovo" Guido che recandosi a trovare il fratello avrebbe potuto dare l'allarme.

Luca aveva in mano la verità.

Le prove sarebbero, comunque, state ritrovate nelle registrazioni telefoniche che il Maresciallo aveva subito ordinato.

Bastò guardare i numeri di telefono.

Troppe telefonate tra Noemi e Salvo il giorno della morte di Guido!

Guido aveva solo dovuto constatare il fatto che era ormai di ragione pubblica.

Alla moglie non era stato, poi, difficile poiché il fratello gemello era uguale a Guido come una goccia d'acqua!

Il Maresciallo tirò un respiro di sollievo.

La chiusura delle indagini gli avrebbe consentito di riprendere il tran tran della sua vita quotidiana, pigra e rituale.

Il perdono

Quella sera a cena si aprì un gran dibattito sul perdono.

Tutti affermarono, nonostante l'educazione cattolica ricevuta in gioventù, che il perdono è una strada sbagliata perché in qualche modo assolve la colpa, la cancella, non consentendo al colpevole di operare una revisione radicale della propria vita.

"La colpa commessa resta una colpa e tale rimane per sempre!".

"Come si esce da un torto senza vendetta e senza perdono?" argomentava Robert.

L'amore si sa, è una storia a due, dove entrambi per una stagione hanno aderito agli inganni dell'eros.

E la possibilità di essere vittime di un tradimento deve essere messa in conto nel giorno stesso in cui ci si incanta per amore, perché il tradimento appartiene all'amore come il giorno alla notte.

Solo gli amanti, infatti, possono tradirsi.

Ma da qui ad uccidere!

Tutti convenirono che in realtà l'unica cosa che l'uomo può tradire è la propria coscienza.

Il malocchio

"C'è sempre abbastanza per renderti superstizioso!"

"Sulla via del ritorno il solito regalino per gli amici fiorentini" indicava Lilly i cornetti acquistati su una bancherella che ne era fornitissima.

Certo a Napoli, tutto si trasforma in liturgia pur di allontanare la scalogna.

Per propiziare la buona sorte e funzionare correttamente, il "curnicello" deve essere di colore rosso e lavorato a mano.

Simbolo della vita che allontana l'influenza magica maligna, secondo le leggi scolpite dalla tradizione, per diventare efficace il corno deve essere regalato.

Quindi non va acquistato, bensì donato.

Fu il giorno due, che ne comprammo uno "speciale" mentre giocavamo al lotto i numeri del teatro.

Appeso al curnicello una filastrocca che ci volle l'interprete per capirla: infatti ci fu sapientemente letta da un guippo che seppe anche tradurcela in perfetto italiano!

A chi me fa
'o maluocchio

Dio le pozza manna'
'o scartiello,
'a guallera, 'na vozza,
pànteche, puzz'e guaie,
scippacentrelle,
delur e mola
ch'adda vede' 'e stelle!
Ma si faie bene
hè avè tanta ricchezza,
che t'anna piscià
ll'uocchie d' 'a priezza!

"Come va utilizzato"? chiese Robert con il suo fare ingenuo e curioso.

"Elementare, rispose Lilly, alla prima occorrenza va sfregato energicamente con le dita".

"Solo così si potrà allontanare l'influsso cattivo".

Il treno era appena partito e tutti si infilarono nella lettura del proprio quotidiano con la cronaca di Napoli.

L'arrivo del libeccio aveva fatto risalire le temperature alleviando i disagi degli ultimi giorni, originati dall'afflusso di aria siberiana.

ASSASSINIO ALL'ISOLA DELLA MADDALENA

PERSONAGGI

Robert: il solito curioso
Efisio: il maresciallo
Franco: l'onorevole
Gavino: l'autista dell'onorevole
Il presidente: il presidente!
Peppa: la fidanzata di Gavino
Il vescovo: lo zio di Franco
Mohammed: l'informatore
Enzo: amico di Robert
Mara: moglie di Enzo
Lady: moglie dell'onorevole
Lilly: moglie di Robert
Saveria: l'intercettata

All'aereoporto

Alle cinque di mattina Robert era già in strada ad aspettare il taxi che lo avrebbe portato all'aereoporto di Peretola.

Per la prima volta da tanto tempo riprendeva l'aereo.

Insieme a Lilly finalmente un periodo di vacanze da godere insieme: forse anche per ritrovare la voglia di dirsi.

Doveva durare quattro giorni, giusto il tempo per stare un po' insieme anche al vecchio amico Efisio che non Robert non rivedeva dalla fine dell'anno, quando era di stanza a Capri.

Alla fine, prenotò fino a sabato.

"Ogni meta di un viaggio deve essere letta dal suo punto di partenza", pensava Robert mentre aspettavano il taxi.

Lilly ovviamente aveva deciso di ridurre il bagaglio al massimo, ma stavolta l'aereo li aveva obbligati ad una seria scelta dei capi per ridurre il peso.

Così avrebbero utilizzato il sistema "cipolla" utile ad affrontare il tempo ancora fresco, anzi freddo!

L'Isola

Guardandola dall'alto, attraverso i finestrini dell'aereo si vedeva ancora di più come fosse incastonata nel cuore del Mediterraneo: quello antico e quello di oggi.

L'isola veniva scelta come meta delle vacanze estive per la bellezza del mare cristallino, ma anche per i miti, i costumi, le tradizioni, e soprattutto per le bellezze del paesaggio e dell'ambiente naturale.

La Sardegna è una terra dove in città è ancora possibile ascoltare il canto degli uccelli e il frinire delle cicale.

Un luogo dove il verde della macchia e il colore del granito si mescolano, dove i paesi antichi sono come sentinelle arroccate in alto per avvistare il territorio.

In quella stessa terra sono state vissute, cento, mille avventure diverse.

Il vento ti avvolge sempre, infatti sulle sue sponde battono forti tutti i venti: il maestrale, la tramontana dal continente europeo e lo scirocco d'Africa.

La Città Felice

Finalmente arrivammo alla "città felice", così veniva chiamata Olbia dalle genti greche.

Forse per la sua posizione, adagiata in una piana, ai bordi di un profondo e vasto porto naturale, lungo la costa nord-orientale dell'isola, con alle spalle un magnifico anfiteatro di alte colline che degradano fino alla costa rocciosa.

Giungendo in aereo avevamo potuto osservare dall'alto la disposizione della città con a sud la sagoma imponente e maestosa di Tavolara, l'isola calcarea alta più di 500 metri.

Efisio

Efisio ci aspettava gioioso all'uscita dell'aeroporto.

Non era in divisa ed era venuto a prenderci con la sua auto personale.

"Avete ballato?"

"Tutto è filato liscio, solo l'atterraggio. Con questo vento abbiamo rischiato di sbucciare un'ala!"

Partimmo con fare spedito lungo la strada che da Olbia porta alla Costa Smeralda seguendo con gli occhi gli stupendi paesaggi di arenili, più o meno grandi, ma tutti con sabbia bianchissima e mare di un azzurro cristallino.

Passammo il Golfo di Marinella con una delle spiagge più belle, che ci ricordava uno splendido giugno "insieme" ormai vent'anni fa.

"Mi fai proprio rabbia!, Hai ancora i capelli scuri"

Robert infatti mostrava l'età solo a causa della sua lunga barba bianca.

Efisio assunse uno sguardo enigmatico, un pò mistico.

Come sardo sapevamo che le sue parole erano come pietre, infatti così esordì: "ci sono grossi guai nell'aria, mi devi aiutare".

Portisco

Ecco lo scenario che affascinò il principe Karim Aga Khan agli inizi degli anni '60.

Grandi ciottoli di granito rossastro, levigato e arrotondato dall'erosione di millenni sembravano essere stati scagliati per gioco da qualche titano fino a prendere le più incredibili posizioni.

Pietre enormi sostenute da altre pietre in quello che sembra un esercizio di precario equilibrio, e che invece è una configurazione stupefacente, ma solidissima, costruita dal tempo e dalla meteorologia a comporre un mitico paesaggio preistorico di acque e di massi.

Efisio girò di scatto in una piccola strada che scendeva rapidamente.

Eravamo arrivati. Portisco degradava verso il mare dove era stato costruito un bellissimo marina.

"E' un grande palcoscenico della natura".

Alle spalle il grande altopiano di calcare dove vivono aquile e mufloni tra ginepri, lecci e tassi secolari e le colline dominate da olivi e vigneti.

Una delle terre più antiche e selvagge era diventata meta degli scienziati di tutto il mondo, per effettuare attività di ricerca tra le più approfondite d'Europa.

L'Hotel riservatoci da Efisio era stato progettato molti anni prima con la logica di offrire al diportista nautica un letto non dondolante!

Infatti eravamo sul porto!

Robert

Robert arricciò il naso come faceva solitamente nei mesi in cui l'allergia regnava sovrana nelle sue mucose.

Ormai gonfiate dal nemico polline che ostacolava l'amore che Robert provava per la campagna, i fiori e le rose che nel mese di maggio riempivano il suo giardino di colori e di fragranze antiche.

Qualcosa nell'aria, qui della Sardegna, aveva risvegliato il nemico e l'irritazione produceva una continua voglia di starnutire.

"E' allergia" scusandosi, proferì Robert guardando fisso negli occhi quella giovane mamma con i capelli albini che teneva in braccio un piccolo principe dagli occhi azzurri.

Con la mano sembrava coprirlo da quegli irritanti starnuti.

Alla Maddalena

"Andata e ritorno per la Maddalena".

" Nove euro grazie".

La nave arancione aveva aperto quell'enorme bocca nella quale entravano ansimando, sulla salita della pedana sgassando più del normale, auto moto e caravan.

Una pedana azzurra che nella manovra, nonostante il vento fortissimo della sera veniva poggiata sulla rampa di cemento della banchina, con una precisione assoluta.

L'appuntamento era tra mezz'ora, ma il traghetto col suo ventre piatto non ci avrebbe messo più di un quarto d'ora nel compiere il breve tratto che separava Palau dall'isola.

Si guardò intorno, nella piccola sala di attesa sul ponte alto centrale della nave.

Saranno state in tutto dieci persone compreso l'equipaggio e tutti erano presi dalla partita che vedeva l'Italia campione, in effetti di sconfitte, battersi con la Nuova Zelanda.

Dunque nessuna persona sospetta.

L'isola si mostrava deserta: Robert ricordava le parole di Enzo quando, durante il viaggio, gli ricordava lo scandalo che pochi anni prima aveva già riempito la stampa nazionale.

I sommergibili Usa avevano ormai lasciato l'Isola e nonostante la chiusura della base nato fosse già programmata da tempo erano continuate le opere di consolidamento della sede americana ed erano stati costruiti nuovi capannoni che negli anni avrebbero ovviamente cambiato destinazione.

La piccola Parigi, come la chiamano i suoi abitanti è un borgo mosso di scalinate e stretti vicoli lastricati.

Eppure il giallo è come certi sempreverdi: può attecchire ovunque!

Anche se in un posto, come in questa piccola isola, di giallo, sembravano esserci solo i lampioni!

Le pale eoliche

Efisio cominciò a snocciolare quello che sapeva.

La questione per l'isola era molto importante, poiché riguardava l'approvvigionamento e la distribuzione energetica di un piccolo fazzoletto di terra distante dalla terra ferma.

La società che gestisce il progetto è di Pantelleria ed è diretta da un commercialista di Palermo: dovrebbe adeguare la produzione al consumo di energia.

"Certo dei commercialisti non ci si può più fidare", sfotteva Efisio con aria sorniona!

Non si trattava più di sommergibili, ma di piloni, cioè delle pale eoliche che cominciavano a spuntare disordinatamente sull'isola dove, come si sa, regna il dio vento.

In molti Paesi si è già entrati in una fase di progressiva riduzione dei sostegni pubblici allo sviluppo del settore che nel frattempo ha raggiunto uno sviluppo tecnologico e commerciale tale da poter camminare con le proprie gambe.

E' questo il caso della Germania e di altre nazioni del Nord Europa che hanno puntato fin da subito e con convinzione sulle rinnovabili e oggi soddisfano una importante quota del proprio fabbisogno energetico sfruttando fonti alternative al petrolio.

Il vescovo

La Chiesa di S. Maria della Maddalena risaliva solo ad un paio di secoli fa.

L'organista intonava un brano di Bach.

"Chi ha esclamato, se gli angeli suonano per Dio, scelgono Bach?".

Robert ricordava le parole di Lilly "Se suonano per se stessi, scelgono Mozart".

Aperta in quell'ora domenicale accoglieva la festa di un battesimo paesano: la gioia di quegli occhi giovani per il piccolo in festa.

Il nipote del Presidente era stato da poco battezzato e tutti a turno volevano la foto ricordo dell'evento.

Il Presidente posò solo con la famiglia; il vescovo una volta solo con il Presidente chiedendo che fosse usata solo la macchina fotografica di famiglia del bimbo.

I vitelloni

Robert si diresse con fare deciso verso l'appuntamento che gli aveva procurato Efisio.

Uscito dalla chiesa si diresse verso il locale che aveva le porte a vetri aperte verso l'esterno e mostrava, nell'interno, un uomo di spalle davanti ad un bicchiere.

"Un'altro per me!"

Fu appoggiato sullo stesso piano tondo con cui una botte era stata trasformata in tavolo: due sgabelli di fronte consentivano di guardarsi negli occhi.

Il piccolo bar, vicino alla chiesa aveva un nome "improbabile" per quella vecchia piazza di paese: i vitelloni!

Ed in effetti era proprio con un giovane "armadio" che Robert aveva appuntamento.

Si salutarono come se si fossero conosciuti da tempo, poi con la bottiglia in mano e due piccoli bicchieri si diressero verso il fondo del locale.

"Duemilioni di euro, la metà del primo guadagno".

Questo è quello che ho sentito dire dall'autista dell'Onorevole.

L'aveva sentito dire durante una telefonata che il suo padrone faceva sostenendo il lauto guadagno.

Gavino era così convinto di voler combattere la sua battaglia personale con l'Onorevole che si mise completamente a disposizione: " vada, vada dalla mia fidanzata, domattina all'ospedale nuovo di Olbia, Papa Giovanni XXIII, vicino all'aeroporto".

"Alle 12,00 stacca. L'aspetti fuori nel parcheggio, ma non scenda dall'auto"

Filo di ferru

Una grappa antica prodotta illegittimamente dai pastori, veniva nascosta essendo vietata la produzione non autorizzata.

Il divieto si sa nasceva dal rischio di produrre insieme alla grappa, anche il metanolo, e quindi risultava profondamente velenosa se non ne venivano curate le fasi di produzione del liquido di cui, si sa, va preso il cuore buttando la "testa" e la "coda".

Cosa impensabile!

Dunque un filo di ferro legato al collo della bottiglia seppellita, risultava la traccia per ritrovarla.

Sul tavolo il pane "carasau" ovvero la "carta da musica" che se arricchito di olio e sale prende il nome di "guttiau".

Fatto di farina di semola di grano duro, secco, croccante, a sottilissimi dischi sovrapposti rappresenta un invitante passatempo nell'attesa del cibo.

Peppa

Peppa portava una robusta coda di cavallo.

L'infermiera era piccola come Gavino, ma rispetto a lui era minuta, eccetto che nei polpacci, che potevano essere quelli del fidanzato!

Aveva preso il posto della madre che da sempre faceva le punture in casa del Presidente.

Ma lei era diplomata e così aveva potuto partecipare al concorso per il nuovo ospedale che aveva potuto vincere, senza che intercedesse il Presidente.

Una vera rarità anche perché non erano poche le infermiere professioniste che si erano presentate al concorso.

Peppa, puntuale come un orologio svizzero, si diresse con fare deciso verso la Panda grigia che sostava in una parte poco trafficata del parcheggio.

"E' vero, si telefonavano continuamente e discutevano anche animatamente sugli affari che facevano insieme".

"A metà come al solito", rispondeva al telefono il Presidente.

"Quando andavo a casa a fargli l'insulina era sempre al telefono: parlava con tanta gente, ma spesso con l'Onorevole sempre di affari, di contributi, di finanziamenti, solo qualche volta dei suoi elettori, ma spesso del Vescovo e delle buone azioni che si era promesso di fare".

Il Dio Vento

L'Onorevole aveva promesso che avrebbe chiesto al Governo la proroga del contributo sulle fonti rinnovabili per la produzione di energia elettrica, ciò in attesa dell'approvazione di un Piano nazionale per le energie rinnovabili.

Il dubbio è che dietro l'elettricità pulita prodotta dalle imprese del vento si nascondessero, camuffati dal filtro dei prestanome, gli affari sporchi di chi investe nelle energie alternative.

Autorizzazioni "sospette" per innalzare eliche e torri.

Una lunga serie di domande erano state presentate da varie società, tutte riconducibili, secondo Efisio ad una società dietro la quale si celavano i nomi del Presidente e dell'Onorevole.

Una cifra troppo alta per non accendere le curiosità di chi indaga sugli intrecci tra politici e imprenditori, qualcuno in contatto con gli uomini di Cosa nostra.

La giornata mondiale del vento si era da poco celebrata: infatti il Wind Day era stato il 15 Giugno 2010.

L'Italia, pur partita a scoppio ritardato, stava recuperando velocemente terreno e oggi è il terzo produttore di energia eolica in Europa.

Sullo sviluppo dell'eolico pesa però l'incognita del sistema di incentivazione (i cosidetti "certificati verdi") minacciati dalla recente manovra finanziaria.

Gli interessi di imprenditori in contatto con gli uomini di Cosa nostra erano ormai arrivati fin qui, nel cuore più antico dell'autonomismo.

Da queste parti, si sa, gli amici degli amici non sparano.

Vengono armati di mappe meteorologiche, anemometri e soldi.

Bastano diecimila euro per conquistare il diritto a demolire il paesaggio: è il capitale necessario per costituire una piccola srl, né per accaparrarsi poi le concessioni e i milioni di finanziamento pubblico.

La morte di Gavino

Peppa entrò nella hall dell'Hotel con le lacrime agli occhi.

Aveva avvertito Robert che il suo Gavino era morto improvvisamente nella notte.

Dopo una serata con gli amici, al solito bar, era entrato in coma diabetico e la gravità dello stato che si rilevava all'ingresso del pronto soccorso del nuovo ospedale di Olbia dove era stato portato con un veloce motoscafo nella notte, non avevano consentito di salvarlo.

Peppa aveva confermato che Gavino era da tempo malato di diabete, per cui il medico di turno non poté fare altro che dichiarare la morte naturale.

"Non è possibile" scuotendo la testa Robert non poteva ammettere tale referto.

"Efisio, Gavino è morto: non è possibile che sia morte naturale!"

"Dammi il tempo di esaminare le registrazioni, ti chiamerò appena possibile".

L'intercettazione

Dopo alcuni giorni si impara ad ascoltare la notte, a riconoscere i rumori del sonno.

Da allora chi intercetta comincia a sentirsi uno di loro, uno di famiglia.

Come se in quella casa avesse vissuto da sempre, come se con loro avesse condiviso tutto, anche le sofferenze, le gioie, anche le paure.

Erano già passati sei mesi, trecentosessanta giorni, buona parte di quelle ventunmila ore e lui era ancora là con le cuffie incollate alle orecchie per catturare un altro bisbiglio, un soffio che forse questa volta l'avrebbe portato a prenderlo.

Era ancora là ad ascoltare le voci che provenivano da una piccola villa di Corleone quando all'improvviso percepì un lamento, un gemito.

Era sera, un inizio d'inverno e una donna stava piangendo, al buio, sola.

Il poliziotto era esperto, ma anche *sperto*, che in siciliano vuol dire scaltro.

Lo sapeva che era più intelligente di una microspia, lo sapeva che la microspia non sarebbe servita a nulla senza la sua fantasia investigativa, il suo intuito, la sua abilità di sbirro.

Non bastava, Robert doveva sapere anche con chi parlava l'Onorevole.

"Solo contanti che dovrai cambiare in assegni circolari di piccolo taglio"

Le intercettazioni documentavano altri contatti.

Mohammed

Fermandosi di ombrellone in ombrellone, una battuta gentile per ogni signora, disdegnava gli uomini che sembrano non esistessero per lui.

Porgeva la merce, decantava la specialità rispetto alla concorrenza cinese.

Era da sempre l'informatore segreto di Efisio.

Andava curiosando e raccoglieva sempre qualche soffiata.

Il maresciallo gli aveva detto che poteva fidarsi di Robert e avrebbe dovuto aiutarlo.

"Sembra che il Presidente abbia...." sussurrò all'orecchio di Robert.

Il diavolo fa le pentole, ma non i coperchi!

Il maresciallo si preparava a denunziare i membri del comitato d'affari che avevano tentato di aggiudicarsi gli appalti per l'eolico in Sardegna in cambio di tangenti.

Le cosche si erano buttate nella ricca partita dell'eolico e non volevano perdere i fondi che provenivano dallo stato.

In effetti l'operazione era stata fatta così in fretta vista la scadenza dell'agevolazione ed ora mancavano le prove di quelle spese.

Duemilioni di euro erano una spesa troppo alta per poter essere provata da un mucchio di fatture.

La gita in barca: Alema

La barca aveva ormeggiato sicura: l'ancora a fondo, la prua verso terra da dove il vento già forte continuava a crescere d'intensità.

Le drizze sbattendo sugli alberi delle barche a vela avevano iniziato quella cantilena fatta su tre o quattro note accompagnate dai fiati del vento che mutavano anch'essi di tonalità attraversando gli alberi delle barche nel porto.

Già lampeggiava dietro la collina e tra poco la pioggia avrebbe avvolto tutti e tutto il paesaggio.

Il mare tutt'intorno era trasparente e cristallino.

Il colore turchese frammezzato al blu scuro sottolineavano la bellezza di tutto il paesaggio.

Le coste si contorcevano in fiordi e baie con dune di sabbia bianchissima contornate dai toni del verde della macchia mediterranea.

Il profumo oleoso del lentisco e del ginepro, la intensa fragranza del cisto e del mirto e poi ancora il verde dell'ulivo, i corbezzoli, le generose querce da sughero.

I Tafoni, le rocce modellate dal vento con la loro somiglianza al corpo e al volto di alcuni animali, che definiscono oggi il richiamo turistico di alcuni paesi.

Un po' solo

Complicità di sguardi, di emozioni che Robert non trovava più nell'aria sempre stanca di Lilly, svogliata, mai sorridente, noiosa come può essere il giardino dei ciliegi rispetto ad un bel cestino di ciliege!

"Sono un pò sola e sono un pò con gli altri, e a me va bene essere un pò così e un pò cosà"

Il sole cominciava a tramontare, il cielo si fece quasi rosso.

"Io mi sento solo", mormorò Robert sottovoce.

"Ma tesoro", esclamò Lilly, "ci sono io con te!".

"Ma tu non sei con me".

Tacquero.

Nell'aria c'era un buon odore di terra e di erba, e un ronzio di mosche e di altri insetti che svolazzavano dappertutto, danzando.

Robert accarezzò la gatta distesa accanto a lui "Anche lei si sentiva sola?"

Il sogno

Nella notte Robert sognò continuamente.

Vagava sull'isola che sembrava non avesse nessun collegamento con la vita reale.

Cosa voleva significare?

Lui non l'avrebbe mai capito!

Eppure si dice che ad esempio, precipitare nel vuoto da grande altezza, vuol dire che ci si sta innamorando di qualcuno, oppure il contrario, che un amore sta finendo: un sogno tipico, che fanno per tutta la vita sia uomini che donne, dunque forse il segno che senza l'amore non si può vivere.

E quello di spostarsi da un luogo ad un altro?

I due emisferi

Il motivo per cui l'uomo può svolgere due compiti insieme, ma non più, è semplice: il nostro cervello è diviso in due emisferi.

Quanto l'attenzione è focalizzata su una sola attività, entrambi vi si dedicano all'unisono.

Quando i compiti da svolgere sono due, ogni emisfero si prende un incarico.

Davanti a tre performance contemporanee l'organo del pensiero inizia invece a saltare dall'una all'altra come un funambolo, sprecando energia e commettendo molti errori.

L'abilità del cervello umano dunque sta tutta nel saltare da un compito all'altro con grande velocità, riprendendo la partita lasciata in sospeso senza perdere il filo e dando l'impressione che l'attenzione non sia mai stata distolta da nessuno dei due compiti.

Tre erano infatti le persone, gli sguardi, le reazioni che Robert doveva e sapeva seguire contemporaneamente.

Chiamatelo pure "sgroppino"

"I metodi di indagine sono spesso troppo approssimativi per cui è poi facile provare alla difesa che sono distanti dalla realtà perdendo, così, il loro compito di servire all'accusa".

A dispetto di un'immagine che potrebbe distrarre l'interlocutore in aula giudiziaria, stavolta il Maresciallo, che viveva praticamente fra impronte digitali e macchie di sangue, stavolta aveva adottato un metodo rigoroso ed analitico: ogni passaggio era provato.

La sera scorse allegramente.

Girò la bottiglia di filo di ferru e ci fu chi rifece il giro.

Insomma uno "sgroppino" per tutti!

Il maresciallo

Robert, l'indomani, di buon'ora, si diresse ad Arzachena dove avrebbe potuto incontrarlo nella locale stazione, comunque in via riservata.

Presa nota delle confessioni, Efisio preparò l'istanza alla Procura per mettere sotto sequestro i telefoni dei due politici e quelli degli accusatori.

Era la prima volta che i due potenti diventavano oggetto di azione investigativa, sull'isola, ma la gravità delle accuse, la nuova legge in discussione in parlamento che avrebbe enormemente influenzato l'autorizzazione ad interferire, portarono il magistrato a rilasciare con urgenza il permesso.

Il maresciallo costretto da tempo ad ingoiare il rospo, nonostante i commenti della gente, era ora felice di togliersi un sassolino dalla scarpa: era ingiustificabile che una competizione velica avesse dirottato tanti soldi pubblici prelevati da una destinazione sociale così importante.

L'omelia

La collana d'oro al petto del giovane padre, lo spesso anello d'oro al mignolo della mano sinistra accecato da un grosso rubino, riflettevano la luce dei flash delle macchine fotografiche, che parenti e amici usavano a ripetizione come fuochi d'artificio.

"Dopo il calvario c'è sempre la resurrezione" affermò dall'altare il vescovo.

Tutti capirono chi era, in quel momento, il crocifisso!

Seguì un gran silenzio.

"E Gesù chiese ai suoi apostoli": chi dicono che io sia?"

“Cosa credete voi”

“Il figlio dell’uomo dovrà patire”.

“C’è tanta invidia dentro la chiesa”, ma i nostri fini sono sempre caritatevoli”.

L’episodio già corso sui giornali faceva emergere le presunte reciproche utilità tra l’Onorevole e il religioso.

"Non darò tregua alle forze del male" rispose il vescovo alle incessanti domande.

“Cosa è la verità” domanda Pilato a Gesù".

“Vai a saperlo” pensò subito Robert.

“In questa storia i pezzi non combaceranno mai".

Gli occhi taglienti, quasi chiusi, la bocca senza labbra finemente piegata in un sorriso formale, la fronte imperlata di sudore, davano all’uomo di Cristo le sembianze false che la storia, che stava vivendo, sembravano indiscutibilmente confermare.

La festa di Sant’Efisio: il porceddu

Commemorata ogni anno il primo maggio, radunava tutto il paese ed ovviamente le autorità erano tutte presenti, in prima fila ed in bella mostra dietro alla carrozza del santo trinata da buoi addobbati.

I carri che seguivano colmi di fiori, frutta e verdura, fecero ricordare a Robert lo “scoppio del carro” ovvero il carro con il quale si festeggiava la Pasqua a Firenze dal 1500.

Fu quella l’occasione (o il funerale?) per il maresciallo di chiedere alle autorità di poterli incontrare nella saletta dell’hotel che ospitava Robert.

Nonostante la Sardegna sia un’isola, il rapporto tra i sardi ed il mare è cauto e così anche la cucina riflette un non intenso rapporto con il mare.

Ecco perché è fortemente presente la cucina di terra.

Ovviamente, quella sera, in onore del Santo, fu messo a tavola il porceddu.

Il procedimento per la preparazione non è affatto semplice, il porcellino da latte, non può superare i 5/6 Kg. viene cotto infatti molto lentamente con fuoco di legna aromatica.

Anche a tavola viene portato intero coperto di mirto e guarnito di patate arrostite.

Quando veniva cucinato all’aperto veniva infilzato in uno spiedo di legno verticale e poi avvicinato piano piano al fuoco.

Ma la migliore cucina era sicuramente quella nella sabbia.

Il metodo serviva a nascondere da occhi indiscreti che si mangiava carne!

Il maialino veniva infatti arrotolato in una stoffa e sotterrato nella sabbia sopra la quale si faceva un grande fuoco che cuoceva lentamente la carne senza disperdere i succhi che si scioglievano durante la cottura.

Tutta la gastronomia tipica del luogo è tramandata di generazione in generazione. E' figlia di un popolo di allevatori e agricoltori, che non ha mai conosciuto contaminazioni chimiche né ogm.

A cominciare dal suo piatto simbolo, i culuigionis, i deliziosi fagottini di pasta ripieni di patate e mentuccia, proposta che non manca mai sulle tavole dei ristoranti che puntano su una cucina, sia di terra che di mare.

Per non parlare del prosciutto, dei formaggi pecorini, del casu axedu (il formaggio acidulo), dell'olio, del pistoccu (il pane dei pastori).

E ovviamente del vino sardo più antico, il rosso per eccellenza, il cannonau, con le viti coltivate nelle vallette più riparate e nei terrazzamenti strappati alla montagna.

Il martin pescatore

Fermi al sole caldo. ma rabbrividiti dal fresco vento di nord che ancora segnava la stagione primaverile, seguivamo in silenzio il rito del martin pescatore.

La piccola ed innocua macchia turchese su un ramo, all'improvviso si trasformava in una macchina di morte piombando dall'alto a cento all'ora sulla preda.

Il piccolo uccello, se la cattura era piccola, la inghiottiva in volo, altrimenti la portava su un ramo, dove la sbatteva ripetutamente finché poteva divorarla a brandelli.

Robert in silenzio scomponeva la storia cercando di rivelare i suoi segreti più riposti.

Poi, ricostruendola lentamente, tessendo di nuovo le fila del tappeto, ricomponeva le singole immagini.

Sopra di lui, accecante e diffusa, una luce così strana e irreale che era impossibile dire se fosse mattina o pomeriggio.

Un cielo terso senza nuvole o sole, come se il tempo non esistesse più.

Davanti si dilatava, infinita, una solitaria spianata di terra gialla, piatta e riarsa, nuda fino all'orizzonte, e quello non era sfumato o ombreggiato come gli era altre volte capitato di vedere, ma era una linea precisa, lontana che, come un taglio netto divideva il cielo, se cielo era, dalla terra se così poteva essere chiamata.

Verso l'epilogo

Nel presepe che legava l'Onorevole, il Presidente ed il Vescovo, certamente avevano assunto un ruolo di primo piano Gavino e Peppa.

La perquisizione era avvenuta in assenza dell'Onorevole.

Efisio non sapeva cosa trovare eppure, nel cassetto del bagno, insieme ad altre medicine, fu rinvenuta una boccetta che somigliava ad una porzione omeopatica.

Nell'etichetta infatti era scritto a mano la composizione: estratto di vaniglia!

A cosa poteva servire in bagno?

Subito informò Robert.

E il vescovo, come mai era sopranominato "monsignor Iban?"

L'occasione del caffè

Robert ricordò cosa avevano detto i sanitari certificando il decesso; un eccesso di glicemia come non si era mai visto!

La cena gli aveva casualmente riuniti tutti.

Mancava Peppa, non avrebbe potuto più aiutare nelle ricerche e tantomeno si poteva considerare colpevole.

L'occasione del caffè che fu servito nel salottino attiguo alla sala da pranzo consentì a Robert ed al Maresciallo di concludere l'indagine.

"Cari signori, la morte dell'autista non fu accidentale!"

Il gelo scese sugli astanti.

Tutti in silenzio cominciarono a guardarsi stupiti e curiosi di capire, di sapere.

"L'autista è stato assassinato"

"E qui tra noi è presente il colpevole!" proferì Robert.

I rilievi penali sull'eolico, faranno il loro corso, ma dalle intercettazione è emersa anche la relazione che Peppa intratteneva di nascosto.

"Non è vero", si tratta solo di giochi di parole, di cui eravamo abituati da anni, affermò con fare sprezzante il Presidente.

"Peppa potrà confermarlo".

"Peppa è già reclusa, nel carcere di Arzachena ed ha confessato!

"Ha confessato, distrutta dal dolore, che il Presidente ha avvelenato l'autista con l'estratto di vaniglia, sapendo che era diabetico, come lo era lui da anni.

Lady accese la sua settima sigaretta, immobile sembrava mangiare il fumo tanto lo assaporava, così come era denso di mistero!.

Affacciati sulle "bocche"

Le stagioni ideali sono la primavera e l'autunno, quando la Sardegna indossa il suo abito più colorato e più autentico: le baie sono solitarie, i colori del paesaggio naturale si accendono di iridescenza e i profumi dei fiori permeano l'aria, le feste di antica tradizione e le sagre si susseguono un po' ovunque.

Focalizzati sull'emozione della scoperta e desiderosi di evitare lo stress da traversata, abbiamo scelto di andare in Sardegna con un comodo traghetto e di noleggiare un'imbarcazione direttamente nell'attrezzato porto di Santa Teresa.

Il panorama che ammiriamo il mattino successivo dal ponte del traghetto in arrivo a Olbia ha un fascino particolare: verso sud si staglia la mole impervia di Tavolara, mentre a nord ritroviamo le frastagliate coste rosate di Capo Figari (Golfo Aranci) e dell'isolotto Figarolo.

La strada costiera che conduce da Olbia verso nord è tortuosa e costringe a un'andatura rilassata i profumi della macchia mediterranea addensano l'aria e il panorama è saturo di colori.

E' un territorio talmente ricco di particolari naturali che risulta difficile da circoscrivere e descrivere; tranne Tavolara, così diversa e peculiare rispetto a ciò che la circonda.

E' uno straordinario blocco calcareo che risale al Mesozoico: in superficie non mancano biancori accecanti, mentre sott'acqua si disgrega in un complesso traforo di grotte, archi, secche e anfratti.

Alcuni anni fa è divenuta riserva marina a tutela di un ecosistema unico nel suo genere, cercando di armonizzare le esigenze dei turisti con quelle del rispetto ambientale.

Il panorama della Costa Smeralda si caratterizza invece per la splendida vegetazione, un mare trasparente che bagna i famosi scogli granitici cesellati dal vento in ciclopiche e multiformi sculture, la presenza di un lungo litorale movimentato da insenature capricciose e screziate, talvolta trasformate in località turistiche di fama internazionale: Santa Teresa, La Maddalena, Porto Rotondo, Porto Cervo.

E' il regno del granito immerso nella macchia verde del cisto, del lentisco, del ginepro e dell'olivastro; arbusti plasmati dal vento nella stessa' suggestiva plasticità delle rocce.

Tanta inventiva della natura non potrebbe esprimersi se il blocco granitico di base non fosse una pietra solare e misteriosa.

La sua composizione chimica gli consente di lasciarsi tafonare, cioè modellare in forme mutevoli, attraverso i millenni.

Secoli d'acqua e di sole hanno scalfito le rocce.

Ci pensa il vento a dare il benvenuto sull'isola: una folata di maestrale che porta con sé aromi densi di mirti e lentischi, di pesce fresco e di salsedine.

Il Mistral nasce in Francia, attorno alle isole di Hyeres, e si dirige a sud-est lambendo la Corsica e soffiando imperioso, costante, per la gioia dei velisti che si riuniscono in Costa Smeralda e si sfidano in competizioni mozzafiato.

Talvolta, quando il Mistral si infila nello stretto di Bonifacio e incrementa la propria intensità, si verifica un fenomeno curioso: in Costa Smeralda il mare diventa bianco e striato di raffiche, ma non ci sono onde.

Solamente vento e un mare trasparente e piatto come un bacino lacustre.

INDICE

ISBN: 978-88-91056-14-6

Responsabile della pubblicazione Roberto Giacinti

Libro pubblicato dall'autore

Stampato in Italia presso Cromografica Roma S.r.l., Roma,
per Gruppo Editoriale L'Espresso S.p.A.

L'autore è un utente del sito

ilmiolibro.it